pen BOOKS

salon de SHIMAJI

バーカウンターは人生の勉強机である

島地勝彦

CCCメディアハウス

エッセイスト&バーマン
島地勝彦

Pen連載の最終回まで読めなかった
島地勝彦公認ストーカー、三浦清豪に本書を捧ぐ。

ブックデザイン　松田行正＋日向麻梨子

売文の徒にとって担当編集者が能力があるかないかは死活問題である。幸いわたしの現在の担当者たちはみな異彩を放ってくれている。

Ｐｅｎの連載〝サロン・ド・シマジ〟を考案したサトウ・トシキは、わたしの処女作『甘い生活』（講談社刊）を読んで仕事場のドアをノックしてきた。はじめて会うトシキはファッションを担当しているらしく、お洒落でイケメンだった。若くて陽気なトシキは奇想天外な連載を話し出した。

「シマジさん、Ｐｅｎ誌上でバーマンになってくれませんか。シングルモルトに纏わる物語を入れながら、毎回、新しいお客が架空のバー『サロン・ド・シマジ』にやってきて、バーマンのシマジさんと語り合うという企画を閃いたのです。いかがでしょうか」

「面白いねえ！　おれは常々バーマンになりたくて仕方なかったんだ。しかもバーチャルなバーのカウンターにおれが立つんだね。グラスも洗うことはないし、お金の出し入れもない。これはバーの理想郷だ。すぐやろう」

と、わたしは二つ返事でトシキの才能に乗った。じつはわたしはここ数年の間に、価格暴騰のためワインを卒業してシングルモルトに淫していた。すでに百本以上のボトルが部屋のなかに林立していた。

連載は、実際にいままでここに遊びにきてくれた著名人たちのことを思い出して書いたものもあれば、完全に創作したものもある。そうこうしているうちに担当がトシキからアンドウに代わった。アンドウは寡黙ではあるが、なかなか腰の据わった優秀な編集者であった。ところが三ヵ月が経ったころ、アンドウがニューズウィーク日本版編集部に異動になった。再びトシキに戻った。

連載中、一本一本心を込めてボトルを撮影してくれたウダガワ・ジュンに敬意を表する。

その間、トシキはわたしと離れがたく、シングルモルトのボトリングを信濃屋バイヤーのキタカジとコラボして〝サロン・ド・シマジ〟の冠で発売することを思いついた。ファーストリリースはイチローズ・モルト25年であった。あっという間に完売し、うまみを覚えたトシキは、今度はわたしを連れてスコットランドまで飛んだ。グレンファークラス32年ポート・パイプも飛ぶように売れた。出版社が酒を売るなんて前代未聞のことであろう。物書きがシングルモルトをボトリングするのもこれまた前代未聞のことである。読者もわたしも驚いた。

そのうち藤巻幸夫の紹介で三越伊勢丹ホールディングスの大西洋社長にお会いした。「シマジさん、サロン・ド・シマジというセレクトショップにバーを併設してメンズ館に出していただけませんか。そこで〝シマジ文化〟を売っていただきたいのです」

このときも大西社長の情熱に乗って二つ返事で決めた。

そんなわけで本書の後半は本当のバーの物語である。バーのカウンターには笑いがあり涙があり人生がある。しかもわたしはお客さまたちに断りもなく勝手に書いたのである。それはこの小さなバーだけでは勿体ない素敵な話であったからだ。

またこの書を上梓するにあたり、はじめて会った書籍担当のモリタもスグレモノの編集者であった。なにせすべてのタイトルをわたしに墨を摩らせて筆で書かせたのだから。

末尾になって不本意だが、隠れシングルモルト・ラバーのタモリさんが書いてくださった温かいオビの惹句にはこころから脱帽し感謝している。

エッセイスト&バーマン　島地勝彦

バーカウンターは人生の勉強机である　目次

はじめに　003

シングルモルトを育む、孤高の島へ。　011

01 わたしが淫するシングルモルトには素敵な悪魔が棲む　022
02 いい女をシャワーも浴びさせず服を着たまま抱くな　026
03 小泉教授がかの文豪を思い出させた夜　030
04 若ければ無理が利く、やる気があれば空だって飛べる　034
05 徳大寺有恒さんはジャガーをジャギュアと呼んだ　038
06 ショートパンツは男にとって最高のお洒落である　042
07 あの夜仰ぎ見た星のあざやかさはなんだったのか　046
08 退屈な天国より愉しい地獄に逝きたい　050
09 美女とならたとえ幽霊でも寝てみたい　054

10 血を流さないで敗北した国は歴史上から姿を消す 058
11 末期の水には赤坂の「カナユニ」のマティーニがいい 062
12 遡ること五年前、あの小沢一郎さんと邂逅した 066
13 ジョン・レノンはニューヨークを心から愛していた 070
14 誰もこない夜は鍾愛するチャーチルの名演説に酔う 074
15 男は死にざまが重要だ、もしものときはジュラをかけてやる 078
16 明るい夜からは文化も恋も生まれんものや 082
17 愛に満ちたモルトで東北帰りの自衛隊員と少女に献杯した 086
18 俗世も紅茶もはみ出し者がいるから面白いワケで 090
19 どじょうのリーダーのために死にたくはない 094
20 騙されたと思ってこの魔法の器で飲んでみてくれ 098
21 「明日はいらない、今夜が欲しい」と熱き男は言った 102
22 告白しよう、モルトの蘊蓄は実は彼に教わった 106
23 肥土伊知郎さんはロマンティックな愚者である 110
24 シバレン先生、今大僧正、開高先生の墓参をすればいい 114
25 じか当たりで築いた男の友情は男女の仲より固い 118
26 高熱に冒されても怪物ドン小西は悠々と葉巻を吸った 122

27 茂登山長市郎さんは日本の誇るべき美の怪物である 126
28 原発エネルギーの知る悲しみは大罪である 130
29 我がバーが定める加水の掟はこの水が支えている 134
30 物書きの醍醐味は知らない人がファンになってくれることだ 138
31 ラフロイグの愛すべき秘密を知っているか 142
32 コーヒーハンター川島良彰は強運の男である 146
33 カワイイ酒乱は人生の最強の武器になる 150
34 サロン・ド・シマジが新宿伊勢丹にオープンした 154
35 冴えたジョークは人生における立派な教養である 158
36 最強の交渉人、高橋治之がバナナシュートを日本に広めた 162
37 わたしにとって何よりも大切なのは出会いである 166
38 いい本を読めば人生は捨てたものではないとわかる 170
39 万年筆を知らない大人はまだ子どもである 174
40 山宮聞こえるか、お前の娘さんは立派な医者になった 178
41 文豪北方謙三は美しき妖刀でマスターを斬った 182
42 上質なパンツを知る悲しみは知らない悲しみより格が上である 186
43 まずはラベルに魅せられ味で痺れる 190

44 わたしにとってドモリは武器である 194
45 三途の川から戻ってきた夜の銀座の男 198
46 蒸留所は死せどシングルモルトは生き続ける 202
47 話が大きくなってきた、男の人生はこうこなくちゃ 206
48 謎に満ちた剃髪の常連客、その正体とは 210
49 熱狂的な信奉者へ積年の相棒を〝永久貸与〟する 214
50 思いもかけない物々交換が成立した夜 218
51 モルトの引力に誘われてきたのはあの自然科学者だった 222
52 新たな生命の誕生を祝う命名の儀 226
53 理解して別れ、仕事の相棒であり続ける元夫婦の物語 230
54 挙式で笑わせ別れに涙する稀代の花魁 234
55 生の肌身に直接着るシャツの質感は男のお洒落の醍醐味である 238
56 脳髄を揺らす報道写真に酔いしれる午後 242
57 お見合い界に粲然と輝く三百五十回の金字塔 246
58 お見合いの達人は知的クレームの匠でもあった 250
59 シマジに会いに毎月来日するフランスの貴公子がいる 254
60 〝空耳英語〟は耳で憶えたリアルな英語だ 258

61 ヒモこそが文化を育てる素敵な男である 262
62 忘れられないカレンスキンクのタラの風味 266
63 〝天才〟に大学教育は無用である 270
64 架空のバーが現実となり、そしてシェイカーを振り続ける 274
65 藤田嗣治は女に翻弄された人生だった 278
66 たかじんは謎を残したままこの世を去った 282
67 再び夢中になった知的で面白い古谷三敏の漫画 286
68 顔立ちに頼っていては最後まで幸せな人生は送れない 290
69 人生の成功には逆張りの勇気が必要である 294
70 H・G・ウェルズは文豪であり性豪であった 298
71 本当の悪党は携帯を持たないと彼は言った 302
72 人生で大切なのは素敵な出会いと自己投資である 306
73 謎の人物が同じフロアに店を開いた 310
74 やっぱり人生は恐ろしい冗談の連続である 314
聖地スペイサイドの小さな蒸留所を訪ねて。 319

東京からスコットランドへ。
シングルモルトしか出さないオーセンティックバー
〝サロン・ド・シマジ〟のマスターが、
遠くスコットランドはスカイ島にある
タリスカー蒸留所を訪れた。

シングルモルトを育む、孤高の島へ。

スカイ島は今日も嵐だった。スコットランド本島とスカイ島をつなぐスカイ・ブリッジを渡ると、突然、霧雨のカーテンに包まれる。偏西風によって運ばれてくる湿った大気の影響で、島の天気は常に急変し、雨と晴れが交互に忙しくやってくる。濃霧で山々は霞み、雲間から差す太陽の光が、雨を照らして虹をつくる。地球上でこんなに雨を美しく魅せる場所はあるまい。

スカイ島（Isle of Skye）は、スコットランドの北西にある、インナー・ヘブリディーズ諸島最大の島である。南北で約八十キロにも及ぶ大きな島だが、人口は一万人にも満たない。スカイ島最大の街ポートリーも、小さな港町だ。

島を訪れたのは九月一日だというのに、日本からやってきたわたしには三月上旬の気候に感じられた。わたしは分厚いダンヒルのアランセーターとヘルノのダウンを着込んで島に入った。途中で立ち寄ったパブでハギスの特製サンドイッチをほおばっていると、驚いたことに島民の客のなかに半袖に短パンの男がいた。驚いているわたしの顔をみて、男があざけるように言った。

「ここはいま夏なんだぜ。時刻だってまだサマータイムなんだ」

アイラ島は八カ所の蒸留所がひしめき合う〝シングルモルト銀座〟だが、スカイ島は、スコットランドで二番目に大きい島にもかかわらず、タリスカー蒸留所がポツンと一軒あるだけだ。

スカイ島に、大木はほとんど生えない。岩だらけの表面にうっすらとピート（泥炭）層がつき、その上を背の低いヒースのようなシダ類の植物が申し訳なさそうに覆っているだけである。雨が多い土地だが、もともと火山島だったため、豊かな原生林には恵まれなかった。その厳しい自然環境はおそらく何十万年前から変わっていないだろう。しかし、水の女神は微笑んだ。雨水は起伏に富んだ島の山々の至るところで滝となり、勢いよく落ちている。このピート層をくぐり茶色く色付いた水が、煙のような香りを放つタリスカーに化けるのである。ウイスキーは、ラテン語のアクア・ヴィッテ（ゲール語で、ウィシュケ・ベァハ）からきているが、スカイ島の豊かな水源は、まさにタリスカーにとって命の水だ。どんなに仕込み水が濁っていても蒸留には関係ない。蒸留すれば透明なスピリッツ（原酒）に生まれ変わる。

この岩だらけのスカイ島は、その昔、北欧からやってきたバイキングによって発見された。タリスカーの語源も、古いノルド語の〝タリスゲア（TALIS GAIR）〟に由来する。タリスゲアが訛り、タリスカーになった。タリスカー湾に突き出した大きなスロープ状の岩を意味するらしい。タリスゲアは海面に突き出た大きな岩であったが、バイキングたちにとっては灯台のごとく重要なランドマークになっていたのだろう。その岩はいまでもタリスカー蒸留所から五マイルの場所にある。

冬になるとスカイ島のタリスカー湾は荒れ狂うストームの襲来を受ける。明け方になると、何匹もの立派なタラが海岸の岩場に投げ揚げられるのをよくみかけるそうだ。余談だが、スカイ島の名物は？　と尋ねられたら、わたしは迷わずカレンスキンクを挙げたい。これはジャガイモが入った温かいホワイトスープである。タラの燻製が入っていてスモーキーな味がするスープだ。スコットランド中どこでも食べられるものだが、スカイ島で啜ったカレンスキンクが出色であった。

今度生まれ変わるのなら、わたしはスカイ島に生まれてみたい。厳しさと静けさに包まれた孤高の世界が気に入った。「お生まれはどちらですか？」と訊かれたら「スカイ島出身です」と胸を張って答えてみたくなった。

だいぶ前の話だが、タリスカーの広告コピーを世界中から公募して採用された名コピーがあった。REACH FOR THE SKYE。これは西部劇映画が頻繁に上映されていた時代の「手を挙げろ」を意味するスラングのもじりだが、SKYを〝SKYE〟に代えたところが洒落ているではないか。まさにわたしも島の美しさに「参りました」と両手を挙げたい。生き物には厳しい環境の島だが、一度は訪れたほうが人生は豊かになる。

唯一無二のテイストは、島の嵐が育んだ。

シングルモルトの熟成と人間の子どもの育成はとてもよく似ている。子どもを甘やかして適当に育てるとロクな大人にならない。シングルモルトは厳しい風雨と風雪のなかで長い間熟成されないと、琥珀色の美酒には成長しないのだ。タリスカー蒸留所が子どもなら、いわばスカイ島は厳格な親である。

タリスカー蒸留所は、本島と繋がる橋とは反対側の島の西側にある。目の前には荒れ狂う海があり、ウェアハウス（貯蔵庫）は一年中冷たく激しい潮風に晒されている。そのなかでタリスカー蒸留所の樽たちは、潮風が扉を叩く音を子守唄に眠り続ける。

タリスカー蒸留所の正式な創業はボトルにも表記されるとおり1830年であるが、実際には1825年には操業していたらしい。創業したのはスカイ島の南にあるエッグ島からやってきたヒュー・ケネス／マッカースクル兄弟だった。そのころ島には六カ所の蒸留所があったが、実力と運に恵まれたタリスカー蒸留所だけが生き残った。

しかし、なぜタリスカー蒸留所は島の西側にあるのか。その理由は、スカイ島が火山島であることに行きつく。スカイ島の大部分は、ピート層に覆われているため、麦はほとんど育たない。つまり農業よりも羊を飼ったほうが儲かるというわけだ。羊を育てるには放牧する広い平原が必要になる。だから、人間たちの住み処はどんどん海岸線に追いやられていった。また、当時は海上貿易が主だったことも理由の一つだろう。タリスカー蒸留所の酒も、かつては目の前のロッホ・ハーポートからグラスゴーやロンドンの市場を目指して船で旅立って行った。

偉大なるウイスキー評論家、故マイケル・ジャクソンは、名著『モルトウィスキー・コンパニオン』（小学館刊）のなかで、タリスカー10年に90点をつけて絶賛している。

「色：明るい琥珀色がかった赤。香り：ヒリヒリする。スモークが強調されている、まろやか。ボディ：フル、ややシロップのよう。味：麦芽のように甘い、酸っぱさと非常にビッグな胡椒っぽさの広がりをともなう。フィニッシュ：非常に胡椒のよう、かなりビッグ、長い」

加えてタリスカーは、とてもソルティなのだ。不思議なことに液体を分析しても塩の成分は検出されないようだが、間違いなく海の潮風を帯びたような力強いアタックが感じられる。

シングルモルトを育む、孤高の島へ。

No 2
WASH STILL
14706
LITRES

蒸留所の所長を務めるマーク・ロッホヘッドの案内で、蒸留所を取材した。内部を見学していると、わたしの前にも後ろにも団体の観光客たちがひしめき合っていた。スコットランドの端にあるスカイ島の奥までこんなに多くの人が訪れるのは、タリスカーが島を象徴する産業である証拠ではないか。

タリスカーも、ほかの蒸留所と同様に、製粉→糖化→発酵→蒸留→熟成という工程でつくられる。原料となる二条大麦をモルティングする工程は、かつては各蒸留所内で行われていたが、現在はほとんどの蒸留所がアウトソーシングしている。

何がタリスカーたる味わいをつくるのか。そのポイントは、大きく二つあるようだ。まず、発酵の工程である。ウォッシュバックと呼ばれる大きなオレゴンパインの樽で糖化液に酵母を入れて発酵させる。この発酵時間は蒸留所によって異なるが、五十時間前後が一般的だという。しかし、タリスカー蒸留所では、約七十時間も発酵させる。ここで独特のフルーティな香りとテイストが生まれるそうだ。

そして、もう一つがウイスキーづくりのハイライトである蒸留だ。タリスカー蒸留所のポットスチル（蒸留器）の形状は独特で、特に初留釜のメインネックの中腹から、ほぼ直角に折れるラインアームが特徴的。これは、最初の蒸留で発生した蒸気を、再び蒸留釜のなかへ還流させるための装置である。気化と液化を繰り返すことによって、スピリッツの純度を高めるのだ。これがタリスカーのスパイシーな味の決め手になるという。つまり、この伝統ある微妙なクビレから、フルボディの味わいが生まれるのだ。これもまた、科学的に証明できない神のみぞ知る〝謎のクビレ〟である。

タリスカーには、普段わたしが愛飲しているタリスカー10年をはじめ、いくつかのボトルがラインアップされている。しかし、2013年10月に発売されたノンエイジ（熟成年表記なし）の新商品「タリスカー ストーム」が、予想以上に美味かった。これは、若いモルトから長期熟成の樽まで、タリスカーの樽をバッティング（ひとつの蒸留所内の複数の樽を合わせること）したもので、タリスカー独特の味わいが強調されたボトルである。タリスカー独特の潮の風味とスパイシーな個性が怒濤の如く舌と鼻腔を襲う、嵐のようなシングルモルトである。ネーミングも味わいも、まさしくスカイ島だからこそ生まれたものだろう。「タリスカー ストーム」を味わうことは、スカイ島の厳しい自然の洗礼を受けることに限りなく近いとも言える。

十八世紀を生きたスコットランドの偉大な詩人ロバート・バーンズは、ウイスキーを讃えた詩も多く書いている。スカイ島の旅路で、わたしはバーンズが改作した旧約聖書の言葉を思い出した。ここに慎んで捧げたい。

絶望に打ちひしがれている者に
もうろうとするほど
強い酒を与えよ。
悲しみと不安で
踏みにじられている者に
血を燃やす良い酒を与えよ。
溢れ出る満杯の杯を与え、
痛飲泥酔させよ。
そうすれば、人は恋も借金も
忘れ去り、もはや自分の悲しみで
苦しむことはない。
(『ロバート・バーンズ詩集』ロバート・バーンズ研究会編訳)

01

わたしが溺愛するシングルモルトには素敵な悪魔が棲む

ここは〝サロン・ド・シマジ〟と呼ばれているが、ヘアサロンではない。歴としたオーセンティックバーである。しかし普通のバーとはちがい、酒はシングルモルトだけしかなく、氷とスペイサイドの水があるだけだ。BGMはいつもクラシックかオペラが流れている。今夜はマリア・カラスの『ノルマ』のアリアが切なく聞こえている。オープンしたばかりのバーの雰囲気は、レイモンド・チャンドラーが書いているように、まだ店の空気が澄んでいて、バーマンが「今夜は働くぞ」という緊張感に満ちていて気持ちがいい。

風が強い夜だった。突然、荒々しくドアが開き、人相の悪い男が一人入ってきて言った。

「クラガンモアをくれ」

「お客さま、あなたは幸運です。いまクラガンモア10年のスペシャル・エディションの美味いものがあります」とわたしが言った。

「それをストレートのダブルでくれ」

「うちはストレートでは出しません。これまで三人も大切なお客さまが食道癌で立て続けにお亡くなりになりました。トワイス・アップのダブルでいかがですか。しかもうちは氷でシェイクします」

「いいよ。好きなようにやってくれ」

氷のぶっかけをシェイカーに入れて、クラガンモアをダブルでその上にスペイサイドのグレンリベット・ウォーターを同じ量を加水してシェイクして出した。これなら水割りの状態でもこれ以上水っぽくならない。これはサロン・ド・シマジの自慢の流儀なのだ。男は一気に飲み干して言った。

「美味い！　もう一杯同じものをくれ」

すると男は小さなマッチ箱を取り出して、わたしに言った。

「マスター、このアリはな――」

わたしは咄嗟《とっさ》にアリンコをみつけるや、指でひねりつぶしながら言った。

「すみませんね。こんなところにアリがいて」

男は真っ赤になって怒りを我慢して堪えたかと思うと今度はさめざめと泣き出した。

怪訝に思ったわたしは勇を鼓して男に尋ねた。

「お客さま、どうしてアリンコくらいでそんなに悲しむのですか」

「きいてくれマスター」と男は語りはじめた。

「じつはおれは殺人を犯し十五年の刑を勤め上げ今日シャバに出てきたばかりなんだ。十五年の独房のムショ暮らしは辛かった。毎日が暗い海の底にいるようだった。そんなとき、おれは一匹のアリと出逢ったんだ。そいつは利巧なアリンコですぐ親友になった。退屈しのぎにおれはアリに芸を教え込んだ。逆立ち、三段跳び、宙返り、アリンコは見事に芸をマスターした。残る最後の五年間、アリに『ジョン』という名前を付けて、人語を教えてやった。ジョンは小声で会話ができるようになり、おれの言うことはなんでも理解できるようになった。おれは十五年の刑を終え、幾ばくかの金をもらい、マッチ箱にジョンを入れて、こいつでひと儲けしようとシャバに出てきたところだったんだ。いまマスターをビックリさせようと、ジョンをマッチ箱から出して、『頑張れよ、ジョン』と声をかけた。『まかせてくれ、ダンナ』と言った矢先、可哀そうにジョンはマスターに殺されてしまった」

「それは、それは、本当にお気の毒なことで、ごめんなさい。なんてお詫びしたらいいか――」

「もうすべては終わったことだ。仕方ない。諦めよう」

「それではお詫びのしるしに、今夜はこのクラガンモア10年を飲み放題にしておきます。もちろん、お代はいりません」

「ありがとう、恩に着る。今夜はジョンの供養の酒だ」

「しかし、どうしてお客さまは、クラガンモアがお好きなんですか」

「スコットランドではシングルモルトには悪魔が棲んでいるとよく言われている。が、とくにクラガンモアには素敵な悪魔が棲んでいるんだ。若いころ、おれはクラガンモアの蒸留所で働いていたんだよ」

02

いい女をシャワーも浴びさせず服を着たまま抱くな

四季のある日本の国を訪れる外国人にとって、春が最高の季節だろう。

サロン・ド・シマジのバーの灯りが点り、ここのバーマンの制服、ターンブル&アッサーの紫色のスモーキング・ジャケットに身を包み、黒のボウタイをきりりと締めて、今夜も頑張るぞ、と気合いを入れていると、突然、重いドアが開き、顔面蒼白な青年が現われた。

「なんだ。おまえPenの担当のトシキじゃないか。どうしたんだ?」

「マスター、どうもこうもありません。今日は『サロン・ド・シマジ』の締め切りです！」

「え？　Ｐｅｎは月刊誌じゃなかったのか」

「月二回刊の隔週誌ですよ！」

「そうだったのか。それは悪かった。まあ座れ。毒蛇は急がない、と言うではないか。締め切りは、処女と同じで破られるためにある、なんておれはむかしの作家のようなことは決して言わない。カウンターでトシキが一杯飲んでいるうちに書きあげるから大丈夫だ」

「わたしも第一回目の原稿をいただいたとき、あの夜、コントワール ミサゴで生まれてはじめてヒグマのステーキを食べ、したたか飲んで酔っぱらってしまったので、次の原稿の締め切りを言うのを忘れてしまったかもしれません」

「北海道のヒグマはどうだった？　あれはなかなか食べられるもんじゃないんだぞ」

「いや、思い出しただけでも、ヨダレが出てきます。あの真っ白な脂身の美味さは格別でしたね」

「肉の味はそいつの食ってる食べ物に左右されるんだよ。ヒグマは標高千メートル以上の深山に生息していて、野生のクルミやドングリやクリを食べているから、あのようなナッティ・テイストになるんだろうな。トシキ、翌朝、大変だったろう。七十歳のおれだって、痛いと感じて目を覚ましたくらいだからな」

「たしかにマスター、驚きましたよ。ぼく、結婚していてよかったと思いました」

「おれがこの店をオープンするずっと前、『週刊プレイボーイ』の編集長をやっていたことがあるんだ。そのころ、スクープをした編集者やカメラマンと連れだって、よく浅草に熊鍋を食いに行ったもんだ。鍋にする熊は丹波の熊でな、それはそれで美味かった」

「熊鍋ってどういうものなんですか」

「四種類の味噌を入れて、ゴボウの細く切ったものや白菜やネギや豆腐が入ってるんだが、熊肉は薄くスライスしてある。四人で一キロはペロリといけちゃう。そのあとが大変だ。若い連中は吉原が指呼《しこ》の間《かん》にあるから、モゾモゾし出して『編集長、五万円貸してください』って言ってくる連中も出てくる」

「そんなに即効性があるんですか」

「まあ、二十代の若者だからな」

「そんなときマスターはお金を貸したんですか」

「おれの編集長時代は、いまのようにコンビニで簡単に下ろせるなんて便利でなかったから、いつも突然の出張や出費に備えて、現金で三十万円は持っていたんだ。あ、そうだ、トシキ、人に金を貸すときの知恵を教えよう。これは今東光大僧正の直伝だが、五万円貸してくれと言われたら、『おまえ、帰りのタクシー代も必要だろう』と言って、六万円貸してやる。するとありがたさが倍になって、すぐ返ってくるもんだ」

「なるほど。ありがたさのプレッシャーをかけるわけですか」

「そういうことだ。今夜は、トシキ、おれが締め切りを失念していた罪滅ぼしに、特別なボウモアの12年を飲ませてあげよう」

「凄く古そうなボトルですね」

「これぞソートアフター（Sought After）だ。いまから四十年前は普通に出回っていたものだが、いまではそう簡単には飲めない」

「凄い香りですね。これもストレートで飲んじゃダメなんですよね」

「当たり前だ。トシキ、いい女をシャワーも浴びさせず、服を着たまま無理矢理抱くようなことはするな」

03

小泉教授がかの文豪を思い出させた夜

今夜の予約のお客さまは、発酵学者の小泉武夫教授である。毎日納豆を、朝、昼、晩と食べている小泉教授は、肌に張りがあり、血色がいい。むかし、開高健文豪とわたしがやった「酒場でジョーク十番勝負」に倣って、以前、小泉教授とわたしは「食の十番勝負」をやったことがある。勝負はB級かC級の店をリングに見立て闘った。が、勝負はほとんど互角に終わった。

いまでもわたしは教授の舌を驚かすために、いろんな趣向を凝らしている。今夜は近所のジビエの名店「マノワ」で食事をした。三月にスコットランドから仕入れたヤマシギを一羽、なんと真空パックさせてチルドで保たせ、発酵に発酵させた状態で教授に出した。酒はもちろんタリスカー10年とラフロイグ10年を交互に、サントリー・ザ・プレミアムソーダ・フロム・ヤマザキで割って飲み続けた。この飲み方は食事を邪魔しなくて相性がいい。

「シマジさん、スコットランドのヤマシギとスコットランドのシングルモルトのソーダ割りはよく合います。これは贅沢だ。ヤマシギは皇族の人たちが好んで食べます。だから彼らは野鳥を食べるのがじつに巧い。この半なまっぽいところが堪りませんね」

そのあと、バー、サロン・ド・シマジに〝同伴出勤〟願い、愉しい雑談が続いた。今夜のシングルモルトは、ベンリアックのリミテッド１９９４にした。しかもいつものように、シェイカーで振らずに小振りのフィンランドのイヤッタのシェリーグラスにモルトを半分入れて、その上から同じスペイサイドの水、グレンリベット・ウォーターを同量加水して出した。

「美味いですねえ。ほう、水もスペイサイドですか。まさにマザーウォーターですな。これだと何杯でも飲めますね」

小泉教授は立て続けに五杯飲んだ。少し酔ったのか体を揺らしながら、バーのカウンターにあるパイプのコレクションをみつけて言った。これは古木にパイプが六本埋まっているように飾られているお宝だ。

「このなかで開高さんにもらったホルベックのパイプってどれですか」

「これです。その流線型のパイプです」

「シマジさん、今夜はそれを吸ってください」

わたしはホルベックのパイプにゆっくりタバコを詰めて、静かに吸いはじめた。

「いい香りだ。この葉っぱを開高さんは『淫らな香り』って言ったんですね」

「そうです。これはロサンゼルスとニューヨークのタバコ屋でみつけた葉っぱをミックスしてるんですが、東と西の葉っぱをミックスしてるので、〝ヘレニズム〟って命名してるんです。よく開高さんから『セニョール、そろそろ〝ヘレニズム〟くれや。寂しゅうなってきたわ』と電話がかかってきた」

「しかしあの『水の上を歩く？――酒場でジョーク十番勝負』（TBSブリタニカ刊、のちに集英社文庫）は名著です。わたしは何度読んだことか。あれを読んでわたしはシマジさんに会いたくなったんだ。あのジョークのなかで開高さんがいちばん気に入っていたのをやってくださいよ」

「それじゃ、今夜はお調子に乗って一つやりますか。サハラ砂漠で道に迷った黒人が、もう息も絶えだえになって神に祈ってるんです。『神よ、われを助けたまえ』。すると突然アラジンのランプから出てきたみたいな魔神が現われて『よしおまえの願いを三つ叶えよう。願いを述べよ』とのたまわった。黒人は地獄で神とはこのことかと顔を輝かせ、三つの願いを申しあげた。一つ、肌が白くなりたい。二つ、水のあるところに行きたい。三つ、女のアソコを毎日みたい。魔神はニッコリ笑って『よし、わかった。おまえの願いを叶えてやる。三分待て』と言ってスッと姿を消した。一分、二分、三分――黒人は、なんと、パリのホテル、ジョルジュ・サンクのビデになっていた」

「これでシマジさんは開高さんから百点満点もらったんだよね」

わたしも酔ってきたのだろうか。小泉教授のふっくらした丸いお顔が、開高先生にダブってみえる。

04

若ければ無理が利く　やる気があれば　空だって飛べる

雨が朝から降っていて嫌な予感がしていたら、案の定、暗そうな顔をした一見の客が入ってきた。底冷えのする目で店のなかをぐるりと眺めながら、暗い低音で話しはじめた。

「ここは日本一おかしなバーだと友だちに聞いてきたんだが、マスター、面白い話をしてくれないか」

「はい。それはいいですけど、その前に何かお飲みになりたいものを注文してください」

「そうだな、安くて飲みやすいのがいい」

「お客さま、安くて飲みやすいものはうちにはありません」

「じゃあ、一杯三千円以内でいいから、マスターにまかせるわ」

「それではポート・エレンの26年ものをサービスしましょう。これは１９８２年に蒸留したもので、２００９年にボトリングしたものです」

「高そうだけど、美味そうだ」

「味は保証します。いまは亡きアイラ島のポート・エレンですから、じっくり味わって飲んでください」

「おおっと、水で割らないでストレートで飲ませてくれないか」

「うちではストレートは禁止です」

「どうして、またこんな珍しいモルトなのに」

「お客さま、食道癌になってもいいんですか」

「それはいやだよ」

「だったら、わたしの言う通りにお飲みになってください。これをスペイサイド・ウォーターで半々にして氷を入れてシェイクします」

「たしかに美味い。わたしはじつは、今日、会社で左遷されたんだ。だから、ここで面白い話を聞いて気持ちを明るくしたいんだよ」

「この間いらっしゃった二人のお客さまがいましてね。一人は課長で、もう一人はその部下ですかね。『サトウ、おまえは部長をバカにしてるようだが、あれで部長はいいとこあるんだぜ』と課長が言うと、若いのが『だって課長、部長は単純バカですよ。ぼくの才能なんてこれっぽっちもわかっちゃいないです』『サトウ、おまえにそんな驚くような才能があるのか』『はい。ぼくは空を飛べます』『バカな！　冗談も休み休み言ってくれ』『ああ、そうですか。マスター、申し訳ないですが、そこの窓を開けてくれませんか』わたしは恐る恐る窓を開けたんです。そしたら若者が『それでは課長、さようなら』と言って、この窓から夜空に飛んで行ってしまったんです」

「本当か！　このバーはたしか十一階だったね」

「そうです。飛び降りるんじゃないかと、ちょっと心配したんですがね」

「面白い話だね。それでどうなったんだね」

「もう一杯ポート・エレンを飲んだら、続きをお話ししましょう」

「いいよ。セイム・アゲンといこう。まるでアラビアン・ナイトの世界に入ってきたようだ」

「課長は翌朝、恐る恐る会社に行ったら、飛んで行ったサトウが机にすでに座っていて、元気に『おはようございます』って言うんだそうです。度肝を抜かれた課長は、いつもサトウと呼び捨てしてるのに、そのときは『サトウさん、おはようございます』ってあらたまって答えたそうです」

「わかるなぁ。何か気持ち悪いよね」

「それから課長はここにきてしみじみと言ってました。『マスター、人間には隠されたとんでもない才能ってものがあるんだよな』ってね」

「その後、その若者はこのバーにきたのか」

「はい。よく電話をかけてきて『これから一人で行くから、窓を開けておいてくれませんか』と言うんですよ」

「そうか、おれを左遷したうちのバカ社長は、おれの眠っている才能がみえなかったんだな。これからあのハゲオヤジをギャフンと言わせてやるぞ。マスター、もう一杯同じものをくれ」

「そうです。お客さまはまだ若い。いくらでも無理が利きます。やる気さえあれば、空だって飛べますよ」

05

徳大寺有恒さんはジャガーをジャギュアと呼んだ

今宵の客は自動車評論家の徳大寺有恒さんである。徳大寺さんは大のジャガー狂である。ちょっと近くに買い物に行くにもジャガーに乗って行く。徳大寺さんにとってジャガーは突っ掛けがわりなのだ。日本ではジャガーと言われているが、本場英国ではジャギュアと呼ばれている。本物志向の徳大寺さんはジャガーを、あえて「ジャギュア」と言う。

英国のクルマは乗る人を選ぶ。ベントレーは貴族の血が流れている華奢な足をした人でないと、アクセルとブレーキの間隔が狭く運転しにくいらしい。ジャギュアも乗り手を選ぶ。徳大寺さんの立ち振る舞いには、悠々として迫らずといった典雅さと、まわりを圧する威厳がある。これがジャギュアV８の車格に合った人格なのだ。まるでジャギュアに乗って生まれてきたような人である。

今夜も事務所のある一番町から広尾までジャギュアでやってきた。むろん後で代行を頼むのだろう。このジャギュアの人は無類の葉巻好きである。徳大寺さんのジャギュアの革張りのシートは、たっぷりシガーの香りが染み込んでいる。

「マスター、今夜は日本であまり吸えない貴重な葉巻を味わいたいな」

「そうですね。わたしが一年前ハバナで仕入れてきたコイーバのベーイケ56が二、三本残っていますが、どうですか」

「すげえ。コイーバのベーイケ56か。じゃあ、それに合ったシングルモルトを選んでよ」

「まずはやさしくザ・ダルモアのシガーモルトでいきますか。これを二、三杯やったあと、グレンモランジーのトリフ・オーク・リザーヴで締めてはどうですか」

「いいね。へえ、シガーモルトってあるんですか。トリフの香りがついたグレンモランジーか、それも美味そう」

「そのかわり今夜はクルマの面白い話を聞かせてくださいね」

「金持ちの友人がフェラーリを買ったんだが、雨の日に乗ると雨漏りがひどいんだ。

頭にきた友人がフェラーリの本社にイタリア語で手紙を書いた。その返事が振るっている。『わが社のフェラーリは天気のいい日に乗ってください。雨の日にはロールス・ロイスに乗ってください』って返事がきた」

「なかなか洒落てますね」

「マスターはBMWだったよね」

「わたしはクルマには関心と財力がなく、いまはBMWの1シリーズに乗ってます。若いころ、バイエルンのBMWの本社に取材に行ったとき『どうしてBMWのフロントグリルは変えないのですか』と質問したら、『アウトバーンで他社のクルマのバックミラーにうちのBMWの姿がみえてきたら、速いクルマがきたぞ、と威嚇するためにBMWのフロントグリルは不変なんです』と言われたんですが、BMWの誇り高さを感じましたね」

と話しながら、わたしはザ・ダルモアのシガーモルトとスペイサイドのグレンリベット・ウォーターを半々にしてシェイクして出した。コイーバのベーイケ56をふかしながら、徳大寺さんは目を細めて満足そうに舌打ちした。

「なるほど。マスター、このシガーモルトはシガーに寄り添うように舌に絡んでくるね」

「これは葉巻好きには取って置きの逸品です」

「そうだ。ランボルギーニを買った奴が小物入れのフタがすぐはずれてしまったので、本社に文句を言ったら、『テープで貼ってお使いください』って手紙をもらった。ランボルギーニを乗り回すような男はそんな細かいことをつべこべ言うなってことらしい。またアラブのハイウェイには、まるでスリッパを履き捨てるようにベンツが捨ててあるそうだ。あそこの金持ちは変わっていて、故障するとすぐ新しいのに替えちゃうらしい。ガソリンが切れてなくなっても乗り捨てちゃうそうだ。所変わればまたクルマも変わるんだ。日本人はクルマに関してまだまだ後進国なんです」

「シングルモルトにも言えます。まだまだ焼酎ブームです」

◇6

ショートパンツは男にとって最高のお洒落である

今夜のお客は珍しくお洒落なカップルである。サロン・ド・シマジの近くにあるわたしが贔屓にしている広尾のセレクトショップ、ピッコログランデの加藤夫妻だ。この夏、最強のクールビズとして、わたしが提唱しているショートパンツ・ファッションのために、夫妻は、休みの日、夜なべをして十着のショートパンツにサスペンダー用のボタンを各六個、計六十個、特別に付けてくれたのである。

ショートパンツの究極のお洒落はサスペンダーである。これを広尾発信で世界中に流行らせたいと秘かに願っているのだが――。

「何を飲ませていただけるんですか」と、六十個もボタンを付けた労力に対する対価はなんぞやと、今夜のカトウは上から目線でやってきた。

「カトウ、六十個ものボタンを付けてくれて本当にありがとう。さぞ大変だったろうね」

「いえいえ、いつも近所のレストランに置いてあるマスターのタリスカーとラフロイグのソーダ割りを勝手に飲んでいますから、仕方ないことだと深夜ボタンを付けながら妻と語ったんです。やっぱりタダより高いものはないっすね。開店以来の深夜の内職でした。ぼくは文化服装学院の劣等生でしたから、ボタン付けはあまりやったことがなかったんです。でも、もうこれで自信が付きました。大丈夫です。ありがとうございました」

「じつはカトウ、おれはもう十着短パンを持ってるんだが――」

「ええ!? まだあるんですか!」

「まあ、今年はこの十着で勘弁してあげようか。おれの脚も二本しかないからね」

「いいですよ。こうなったら毒を喰らわば皿までです。なあアヤ」

「はい」

「今夜は特別なシングルモルトを用意してある。これはサンとムーンと命名されたソートアフター(Sought After)なラフロイグなんだ。ボトラーズものでサンは55・2

度で二百九十三本中の百六十五番目だ。ムーンは二百八十八本中の三十五番目で59・9度もあるんだ」

「へえ、みたことないボトルですね」

「これこそショートパンツのイメージに合うと思わないか」

「マスターがショートパンツと言うだけで、なんだかいやな予感がするんですが——」

「だから言っただろう。今年は十着でいいって。まずサンのほうから飲んでごらん。そうだ。お礼に今夜はシェイクしようか」

「いいですね」

わたしはいつものように銀製のシェイカーに氷のぶっかけを投入して、サンのラフロイグとスペイサイドのグレンリベット・ウォーターを入れて、丁寧にシェイクした。

「この蓋付きのグラスがいいですね」

「これはシングルモルトの大家、マイケル・ジャクソンが発明したグラスなんだ。一、二分蓋をしたまま置いておくと香りが昇ってくる」

「もういいですか」

カトウ夫妻は、まるで砂漠で道に迷った黒人兵のように、勢いよく一気に飲み干した。

「これはバカウマです！　マスター、さっきから吸ってる葉巻はなんですか」

「これはパルタガスのショーツといってな、ショートパンツによく似合うシガーなんだ。これを吸いながら、街をサスペンダー付きのショートパンツで闊歩するんだよ。それではお次はムーンのラフロイグでいこうか」

「ご馳走さまです」

「これを交互に飲むのがいい。いわゆる陽と陰だね」

「これもイケますね！」「美味しいですわ！」

「いつもカトウがレストランで飲んでる10年もののラフロイグとはちがうだろう」

「全然ちがう飲み物だと思います。これはどんどんイケちゃいます。わかりました。もう十着分ボタンを付けさせてください」

「そうこなくちゃ。カトウ、そこに置いてある」

07

あの夜仰ぎ見た星のあざやかさはなんだったのか

薄暗いバーがお客次第で突然パッと明るくなることがある。今夜はまさにそんな日であった。久しぶりに伊集院静さんがやってきた。

「伊集院さんは仙台在住だから3月11日の大地震のときは大変だったでしょう」

「大変も何も家の階段がピアノの鍵盤のように波打って飛び出そうとしてる瞬間をみたときには怖かったたあ」

「『週刊現代』の特別寄稿を読ませていただきました。あのどうしようもない無力感とテレビ報道に対する怒りには共感しました。わたしも陸前高田の現場をみてきました」

「行ったの、偉い。日本人ならいまのうちにあの無惨な津波の爪痕を一度はみておくべきだ。自然が怒るとどんなに恐ろしいことが起こるのか、みておいたほうがいい。しかしあの夜、仰ぎ見た星のあざやかさは一体なんだったんだろう」

「わたしも現場でいろんな人から現実の話を聞いて、テレビは所詮、お茶の間の生ぬるい正義の域を出ないと実感しました。家を流された漁師たちは博打打ちが多く何千万円というカネをタンス預金していた。それが一瞬のうちに海の藻屑と化して消えた」

「テレビのあるキャスターが『あの波が押し寄せる光景はまるで映画をみているようです』と口にしたのを聞いたとき、わたしは怒り心頭に発したな」

「それでは今宵は多くの亡くなられた方たちに哀悼の意を表して、ロイヤル・ロッホナガーのセレクテッドリザーブを開けますか」

「ここのバーはすべてのボトルが開いているという噂じゃないの」

「伊集院さんの来店のときに抜栓しようと特別に取って置いたんです」

「嬉しいこと言うね。じゃあトワイス・アップにしてアイスを入れてシェイクしてくれる」

「はい、わかりました。今夜はわたしもいただいて献杯しましょう」

「献杯！　うん、これはこれは秀逸な味ですな」

「2007年のボトリングで番号入りの限定ボトルですが、嫌みのないスウィートネスが売り物です。まさにフルボディです」

「これはヴィクトリア女王が愛飲したっていうシングルモルトだよね。ラベルが純白なのは、婚礼のとき女王が人類ではじめて着た純白のウェディングドレスにちなんでいるんだろうね」

「そうです。あの女王は倹約の人でしたから。いままでの絢爛豪華なウェディングドレスを止めて質素な白にしたのです。まあ〝わたしは処女よ〟と訴えたかったのかな。伊集院さんには先日のBS－TBSの『グリーンの教え』にわざわざ出演していただき、またわたしは1、2、3月とお世話になりました」

「えっ、どうして」

「だってあなたの『ホーム オブ ゴルフ』（講談社刊）を鑑賞しながら、わたしはアームチェア・ゴルフを冬の間、毎日、愉しんでいたんです。伊集院さんと一緒にスコットランドの名門コースを回ってる気分でした」

「あ、そうか。マスターは冬の時期はゴルフは封印してるんだった」

「そうです。中部銀次郎さんの教えを守っているんです」

「寒風のなか古畳のようなフェアウェイではプレイをしないというのは、まあダンディズムだね。それにしてもマスター、青木プロに教わったパッティングはよく入るね」

「テレビでもアドバイスしたように顔面とグリーンの面をパラレルにするだけです」

「でもあのパチンという打ち方はなかなか素人にはできない」

「いやいや。それよりもいま伊集院ブームです。あなたが書くものは、若いときに体験した愛する人たちとの生死の別れによってできた、涙の井戸から汲み上げてくる人生の切なさに裏打ちされている。読者はあの悲しみに寄り添い、あの悲しみの湖で泳ぎたくなるんです。わたしを含めて——」

「いやいや」

08

退屈な天国より愉しい地獄に逝きたい

夜が白々明けてきたというのに、伊集院静さんはロイヤル・ロッホナガーのセレクテッドリザーブを軽く一本飲み干した。もう、次に薦めた「マッカラン1861レプリカ」を飲み出している。これもかなりソートアフター（Sought After）なシングルモルトで、実際にマッカラン蒸留所が広くヨーロッパ全土に声をかけて、1861年ものの本物のボトルを買い集め、さらに自社の古いカスクのモルトとバッティングさせてつくったレプリカである。ボトルのフォルムも1861年ものに似せて作られたスグレモノである。

伊集院さんは大事にチビチビやりながら、話柄はさらに文学の世界へと発展していった。

「集英社から最近出た伊集院さんの『いねむり先生』を読みましたが、肩の力が抜けた感じがいいですね。売れてますね。わたしも一度だけ色川武大先生には会ったことがありますが、ゆったりしたやさしい方でした」

「わたしにとっては恩人です。先生がいなかったらいまのわたしはないです」

「一関に住まわれてまもなく亡くなられましたよね。一関はわたしの疎開先で小学校から高校まで暮らした愛するふるさとなんです。先生が愛したジャズ喫茶『ベイシー』にもよく通ってたようですね」

「そうです。先生は大きな体でよく居眠りしてしまうんです。一種の病気です。もう少し長生きしていたらもっともっといい小説を書いたでしょう。無念だったでしょう」

「伊集院さんの作品でわたしがいちばん好きなのは、講談社から出た『ごろごろ』です。早くあの作品を文庫にしてください。いまだったら売れますよ」

「マスター、いつも応援してくれてありがとう。あ、そうだ。今日は講談社のゴルフコンペがある日だった。このまま起きていれば十分間に合うから大丈夫だけど、マスター、今日のコンペで挨拶するのに何か洒落たゴルフジョークを一つ教えてよ」

「喜んで。こういうのはどうですか。

タイガー・ウッズもやはり人の子であった。多くの歳月が流れタイガーは引退して死んだ。ちょうど日を同じくしてローマ法王が逝去された。ところが死者の行き先を決める手続きに間違いが生じて、法王は地獄に堕とされ、代わりにタイガーが天国に昇って行った。地獄の門の入り口でローマ法王は門番に訴えた。

『わしを何者かわかっとるのか！』

『猊下、申し訳ありません。タイガーと取り違えてしまったようです。この手続きを修正するには時間がかかります。とにかく二十四時間ここにいてください』

そんなわけで地獄に一泊した法王は翌日、天国に昇ることが許された。その途中で、法王は天国から降りてきたタイガーと出会った。

『やあ、タイガー、これは手違いだったんだ。悪く思わないでくれ』

法王に声をかけられたタイガーはさわやかに答えた。

『猊下、気にしていませんよ』

『ところでタイガー、君は天国をみてきたんだろう。ちょっと訊きたいんだが、わしは天国に行くのが怖くてね』

『そりゃまた、どうしてですか。猊下ともあろうお方が――』

『長年、わしは処女マリアさまに会いたいと思っていた。でもいざ実際に会えるとなると――』

『そりゃ残念でしたね。猊下、もう一日早かったら処女マリアさまに会えたんですがね』」

「アッハハハ、マスター、さすがはわれらがタイガー・ウッズだね。これ、今日、使わしてもらいますわ。でもマスター、わたしらも間違いなく地獄行きですな」

「伊集院さんもわたしもそうでしょう。でも天国にいる奴らより地獄にいる奴らのほうが面白い奴が大勢いるような気がしませんか」

「なるほど。考えてみればそうだ。田中角栄もいるかな。ラスプーチンもいるかしら」

「人生で最悪なことは退屈することです。伊集院さん、天国では退屈しませんか」

09 美女となら たとえ幽霊でも 寝てみたい

「マスター、このボトルは変わっていますね。？マークが付いていて、ただアイラと明記してるだけなんだ」と、Ｐｅｎの担当編集者のトシキが好奇心を燃やして言った。

「トシキ、一杯飲んでどこの蒸留所のものか当ててごらん」

「うん、これはラフロイグでは決してない。アードベックっぽいかな。いやいやちがうな。アイラには八カ所の蒸留所が稼働してますよね。何だろう、ボウモアかな」

「こういう遊びごころのあるボトラーズ・モルトは粋だろう。ところでトシキ、いわき市の実家は今回大丈夫だったのか」

「お陰様で壁に亀裂が入った程度でしたが、マスター、震災間もない実家に帰っていつものようにぼくは玄関近くの和室に眠っていたら、ハクビシンの亡霊に襲われ死ぬかと思うくらい怖かったス。まだ3月の下旬だというのに金縛りになり、汗びっしょりかいてました。実家には猫がいたんですが、いつの間にか屋根裏に棲みついたハクビシンが愛猫を襲い瀕死の重傷を負わせたんです。まもなくハクビシンは復讐に燃える父と駆除業者によって仕留められ、無惨な姿で屋根裏から引きずり出されたのが、ちょうど去年の暮れの話です。マスター、夜中の3時ごろ屋根裏からドタバタと四つ足の獣が走り回る音が聞こえたかと思うと、今度は暗闇の和室に降りてきて畳を引っ掻き回し、襖に激突し、小さな観葉植物がガサガサ音を立てています。ぼくは怖くなり目を覚まし枕元のスタンドを点けたんです。すると和室の戸も襖もすべて閉まっていて、ただ観葉植物の鉢が倒れて砂が飛び散っていました。マスターはいままで長い人生で、怖い体験ってないんですか」

「あるよ。学生のとき、安いアパートを探して不動産屋の店先をみていたら、築二年八畳四千五百円という物件があった。当時、木造のモルタルでトイレが共同で風呂もない四畳半のアパートで四千五百円が相場だ。一畳千円だったんだな。早速おれは不動産屋と交渉して部屋をみせてもらった。まだ築二年だから新しい。日当たりもいい。でも普通この条件なら八千円の家賃だ。何かワケがあるにちがいない。不動産屋のおやじが正直に語ってくれたところによると、この部屋は新築でホステスとバーマンが住んでたんだが、何があったのか心中したそうで、みんな気味悪がって借り手がない。そこへ一人、勇敢な柔道部の屈強な若者が、安いことに目が眩み嬉々として入居したんだが、三カ月もしないうちに蒼い顔して出ていったそうだ」

「マスターもやっぱり安さに目が眩み入居したんでしょう」

「その通り。おれは田舎では十二畳に住んでいたんだぜ。それが東京にきたら四畳半だ。だから八畳はいいいと、迷うことなく決めた」

「それで出たんですか」

「何が？」

「幽霊さまですよ」

「そうだな。しとしと雨が降る夜に、おれは酔っぱらって帰ってきて万年布団に寝た。深夜の2時ごろだったと思う。何か気配を感じて暗闇に薄目を開けると、彫りの深い白装束のいい女が布団の脇に座り、不気味な笑みを浮かべておれを見下ろしているではないか」

「やっぱり出ましたか！」

「おれは十八歳の春に女の肌を知っていたが、ちょうどそのころ女日照りで肌のぬくもりに飢えていた。怖い気持ちよりやりたいリビドーのほうが勝っていて、しかもフルボディのいい女じゃないか。『姐さん、寝ようよ』とその女の手をむんずと摑んで、布団のなかに引きずり込もうとしたんだ。すると女はいやいやしながら消えていってしまった。残念だった」

「マスター、今夜はここに泊めてください」

「何言ってるんだ、トシキ。飢えてる若い男は幽霊だって抱きたくなる。これは刺激的で面白い貴重な体験なんだ。おれだったらハクビシンを飼い慣らしてペットにしてるな」

10

血を流さないで敗北した国は歴史上から姿を消す

今宵のお客さまは遥か遠いところからやってきた。ワシントン在住四十五年のジャーナリスト、日高義樹さんだ。日高さんとはNHKで活躍していたころから親しい間柄である。日高さんのワシントン発の情報の確かさは定評がある。だからわたしは編集者時代、何冊も日高さんの本を上梓した。

「ここがワシントンでも有名なサロン・ド・シマジか。でもシマジさんは編集者も似合っていたけど、バーマンも板に付いてるね。今度はあなたのファンの妻の正乃を連れてきますよ」

「わたしも正乃さんは大好きです。第一、熱狂的なシバレン・ファンというところがいい」

「ここにはバーガンデーのワインはないんだよね」

「シングルモルトしかありません」

「じゃあ、マスターのおすすめのモノをいただこうかな。水割りでもらおうか」

「ここでは水割りもストレートも出しません。トワイス・アップで氷でシェイクしましょう。今夜は変わったところで、マイケル・ジャクソン・スペシャル・ブレンドといきますか」

「へえ、あのシングルモルトの大御所のコレクションをブレンドしたものなんだ」

「そうです。言ってみれば、彼が飲み残したものです。もう彼が突然死んで四、五年経ちますか。このなかには蒸留所からサンプルで送りつけられたものもあれば、あ、そうそう、バーボンも混入しているそうです」

「どんな味がするか愉しみだ。じゃあ、わたしもマスター、取って置きのワシントン情報を話しますか。いまワシントンの軍事専門家の間でもっとも関心が寄せられていることは、まもなく北朝鮮が崩壊し、韓国と合併して一つの国になるという極秘情報です」

「物騒な話ですね」

「話は複雑で年々、軍事力を増大している中国が、朝鮮半島の南北統一を秘かに画策している。一方アメリカはいまひどい財政危機に陥り、軍事力を軽減せざるを得ない状態なんだ。毎年10パーセントから20パーセント減らされて、いままでは海軍の予算は優遇されてきたんだが、これからは陸、海、空、三分の一ずつ平等に軍事予算が分けられ、この分でいくと、いま世界の海を巡航してる二百八十六隻のアメリカの軍艦が十五年後には八十六隻に減ってしまう。２０２５年ごろには、第七艦隊は太平洋から姿を消すことになるでしょう」

「それは日本にとってゆゆしき問題だ」

「近い将来、日本にとんでもない軍事的脅威が発生しようとしてる」

「でも日本のマスコミは何も報道してませんね」

「日本のマスコミも政府も井のなかの蛙なんだよ。いずれアメリカは軍備を大幅縮小して本土防衛型にシフトしていくはず。『ウィークリー・スタンダード』誌がこの問題を大きく取り上げて、今年の5月、中国は金正日を北京に呼びつけ、もうこれ以上おまえの国に援助はできない。早く韓国と統一しろと説得したと報じている」

「それじゃ、日本にとっては沖縄基地問題を反対してる場合じゃないんですね」

「将来、朝鮮半島が中国に呑み込まれたら、日本に深刻な影響をもたらすということだね」

「わが国はどうしたらいいんでしょうか。福島原発問題でへたっている場合じゃない。早くわが国も諜報機関を立ち上げなくちゃ」

「マスターの好きなチャーチルが言ってるじゃないですか。血を流して敗北した国はこの世に残り再生するが、手をこまねいて血を流さないで敗北した国は歴史上から姿を消すと。しかし、このマイケル・ジャクソン・スペシャル・ブレンドは美味いね。シェイクするとこんなに香りが立ってくるんだ。ところでマスター、そこで黙々と銀器を磨いてるのは誰なんですか」

「あれは日経ＢＰの編集者のミツハシです。わたしが毎週木曜日連載してる『乗り移り人生相談』の大切な相棒なんです」

11

末期の水には赤坂の「カナユニ」のマティーニがいい

今宵は珍しくプロ中のプロのお客がやってきた。四十五年間、わたしが通っている赤坂の老舗「カナユニ」のバーマンの武居永治である。言ってみれば、わたしのライバルだ。

「タケイ、どうだ。ベリーニは売れているか」

「毎晩二十杯以上はイケてます。この間きたお客さまは、本場ヴェネチアのハリーズ・バーより美味い、と褒めてくれました」

「あれは三十五年前、おれがヴェネチアのハリーズ・バーで飲んで感動して、タケイにはじめて作ってもらったんだよな。もし一杯十円のロイヤリティをもらっていれば、いまごろ十分大きな蔵が建ったよな」

「そうですよ。それからうちの自慢のリモンチェッロもマスターがイタリアから持ち帰ってきたものです。あれは教わってから試行錯誤して、約三年もかかって完成させたものです。うちのリモンチェッロを本場のイタリア人が飲んで感激して、『マンマに飲ませたい』と小瓶に詰めて持ち帰って行きました」

「おれはタケイの作るブル・ショットとマティーニ・オンザロックは日本一だと思ってる」

「マスター、今夜は何か魂胆がありそうですね」

「今夜は舌の肥えたプロのお客を驚かすために、何にしようかとずっと考えてたんだが、そうだ、古いプラキャップのマッカランの8年ものはどうかな」

「あの幻の8年ものの名酒がここにあるんですか」

「タケイくらいわかる奴がくるのをあの名酒が待っていたんだよ」

「泣かせてくれますね。一般のお客は30年ものとか古ければいいと思ってるでしょうからね」

「そうなんだ。たしかに37年もののグレンリベットは美味いけれど、8年ものでも出色なものがある。たしかそのころ二年くらいマッカランはプラキャップを使っていたよね」

「そうです。そのころ名酒のボトルが空くと、別の低いレベルのウイスキーを詰め替える店が多かったので、絶対詰め替え不可能なプラスティックのキャップが流行ったんでしょう」

わたしはこわごわプロの武居の前でシェイカーを振った。8年もののマッカランをスペイサイドのグレンリベット・ウォーターでトワイス・アップに割って出した。

「さすがにマッカランだ。まさにシングルモルトのロールス・ロイスって味がしますね」

「タケイ。これを飲んだからには、最近のいい話をしろよ」

「じつは、今夜は耳よりの話をするために、わざわざ日曜日、ここにやってきたんです。ここ十年来、ちょくちょくお店にやってくる八十五歳のおばあちゃまがいましてね。いつも必ず息子さんとその奥さまと三人でくるんです。三人で必ずわたしのつくるマティーニ・オンザロックを飲むんですが、おばあちゃまは『美味しいわ』と言って、一杯を時間をかけてゆっくり飲んでくれていました。この三カ月前まで元気にお顔をみせていたんですが、ここのところパッタリこないなあ、と思っていましたら、ご子息と奥さんがつい最近やってきて、おばあちゃまは近くの病院に入院していて、じつは虫の息でここ二、三日保つかどうかと言うんです。わたしはそのとき咄嗟《とっさ》に閃いて、クラッシュ・アイスでいつものマティーニを作り、帰るときにお二人に渡してあげたんです。そしたらおばあちゃまの口元に脱脂綿に浸してマティーニを近づけると、目をパッチリ開けて無言で啜ってくれたそうです。何日かしてご夫婦は来店して、『うちのおばあちゃまの末期の水は、あなたの作ったマティーニでしたのよ』と言われたとき、わたしは思わず泣けました」

「いい話だね。ようし、タケイ、今夜はそのおばあちゃまにマッカラン8年で献杯しよう」

「そうです。天国に逝ったおばあちゃまに献杯しましょう」

12

遡ること五年前あの小沢一郎さんと邂逅した

今宵のお客さまは待望の大物、小沢一郎さんである。ここのマスターはだれがどう批難しようと、小沢さんが大好きなのである。約三年前、「遅れてきた新人島地勝彦君を励ます会」のパーティにやってきていただいたときは、民主党代表で首相官邸入りがカウントダウンされていた時期であった。各テレビ局がパーティに押し寄せてきた。「シマジ、おまえ、思ったより大物だね」と何を勘違いしたのか、写真家の立木義浩さんがトイレですれ違ったとき、チャチャを入れてきた。

じつは五年前、わたしは小沢一郎さんに『小沢主義』（集英社刊）という本を書いてもらっている仲だった。

「今夜はお忍びですか」

さすがのマスターも緊張してか小声で言った。

「いや、堂々とやってきましたよ」

さすがは日本一のボス猿である。満面の笑みを浮かべて悠然と構えている。でも小沢さんはじつのところ、シャイな方なのである。

運命は面白いものだ。マスターより一歳若い小沢さんは、岩手県水沢に生まれ高校生になる前に東京の小石川高校に猛勉強して入った。そのころマスターは四歳で東京から疎開して一関に留まり、一関一高にほとんど勉強もせずに入学して、本ばかり読んでいた。そして月日が流れ、わたしの墨がたっぷり含まれた巻紙の〝ラブレター〟に小沢さんが応えて、六年前はじめて邂逅した。少年のころ同じ岩手県の空気を吸ったよしみで、われわれはすぐ打ち解けた。そんなわけで小沢さんとは二、三回食事をして飲んだことがある。

「わたしが小沢さんをタダの本読みではないなと気がついたのは、発売されたばかりのモムゼンの『ローマの歴史』(名古屋大学出版会刊)の読みかけが、机の上にさりげなく置いてあったのをみつけたときです。たしか小沢さんが帰ってくるのが遅れて、わたしが小沢さんの部屋で待っていたときの出来事でした」

「そうでしたか。モムゼンの『ローマの歴史』は読みました。でも肝心のユリウス・カエサルの暗殺の場面がたった五行くらいの記述で終わっているのには、がっかりしたな」

「今夜は何にしましょうか。そうだ、裁判で無罪を勝ち取ることを祈念して、取って置きのマッカランのレッドリボンといきますか」

「マスターのお薦めなら、なんでもいただきましょう」

「これはサロン・ド・シマジのコレクションのなかでいちばん貴重なシングルモルトです」

「ではストレートで飲もうか」

「ここではストレートは禁じ手です。第一、小沢さんのようなお方がストレートで飲んで喉頭癌にでもなったら、日本の損失です。ここはわたしに任せていただき、グレンリベット・ウォーターで半々に割ってシェイカーで振らせてください」

「美味いなあ。しかも飲みやすい」

「これがシングルモルトのロールルス・ロイスといわれる由縁です」

「マスター、トイレはどちらですか」

「そこの左側にあります」

小沢さんはすっくと立ち上がって、トイレに行った。そのときマスターは突然ヘンなことを思い出した。いけねえ、トイレのロールペーパーが切れていたぞ。替えなくちゃと思っていた矢先だった。多分、小沢さんは小のほうだろう。まさか大ではあるまい。楽天主義のマスターはそう考えていたが、われらがボス猿はどうしたことか、なかなか出てこない。これは大かな、とマスターが悲観論に陥っていると、突然、「マスター、いるか！」と大声をあげてバーに入ってきた酔った男がいた。いつも『ＷｉＬＬ』で小沢一郎に筆誅を加えてる文藝春秋の堤堯元大編集長ではないか。ついに人生最大のピンチ、絶体絶命の瞬間が訪れた。

さて、どうしよう。そのとき、マスターはあまりの狼狽と衝撃のあまり、ベッドから落ちて目が覚めた。ああ、夢でよかった。パジャマがグッショリ汗で濡れていた。

13

ジョン・レノンはニューヨークを心から愛していた

「たしか、福原さんにサロン・ド・シマジにお越し願ったのは、今宵で三回目ですよね」

「そうでしたかしら」

福原義春さんは当年取って八十歳、わたしより十歳上だ。でも資生堂の名誉会長はもとより、東京都写真美術館の館長をはじめ、山のような肩書きを持つバリバリの現役である。この間まで東京藝術大学の理事もやっていた。

たまたまわたしが集英社の広告担当役員だったとき知り合い、福原さんの書友の末席に加えていただいた。それから沢山の月日が流れ、十九年が経ったが、いまでは二日とあけず交信し合ってるメル友の仲である。

「今夜は何を飲ませていただけるんですか」

「なんでもいいです。ここに並んでいるなかで、福原さんが飲みたいものを仰ってください」

「そうお。その立派な木箱に入ったのはなんですか」

「これはザ・グレンリベット・アーカイブ21といいまして、優等生のシングルモルトです。これをスペイサイドのグレンリベット・ウォーターで半々に薄めてシェイクしますと、飲みやすくて美味しくなるんです」

「マスターの説明を聞いてると、ますます美味しそうですね。それにしましょうか」

よく翻訳本で「彼は銀の匙を咥えて生まれてきた」という表現があるが、まさに福原さんはそういう人である。わたしのみたところ、十本の銀のスプーンを咥えて生まれてきたようだ。

「なるほど、甘みも感じますね。これがマザーウォーターのトワイス・アップっていうんですか。ところでマスター、うちの東京都写真美術館の映画館でやっていた『ジョン・レノン、ニューヨーク』はご覧になった?」

「はい、福原さんが薦めるものは、本でも映画でも必ず読んでいますし、みています。

ジョン・レノンは本当にニューヨークが大好きだったんですね。やっとアメリカの永住権も取ってすべてがうまく回り出したとき、ファンに撃たれて死んだのは、あまりの悲劇でした」

「オノ・ヨーコと一時、離別してLAですさんだ生活を送り、再びヨーコの胸に帰ってくるのがいいですね」

「年上のヨーコはジョンの母なる大地だったんでしょう。ヨーコなくしては生きていけなかったとジョンもはっきり告白しています。実際ジョンは実母ジュリアに育てられた経験があまりなかった。その後、息子のショーンが生まれて、ジョンがいまで言う〝イクメン〟に徹するあたりは可愛い」

「ジョンとヨーコがはじめてニューヨークに移住したころ、アメリカはベトナム戦争の真っ直中で、二人はニクソン政権に抗議して何度も国外退去を命じられる。外国人でありながら国家権力と闘うのは、結構、エネルギーのいることでしたでしょう」

「それでも二人は反戦運動をやりながら、クールな街、ニューヨークを愛し住み続ける。『追い出す気なら暴れてやるさ。自由の女神が招いてくれた。最高の街だぜ、ニューヨークシティ』とジョン・レノンが歌う」

「あのドキュメンタリー映画はすべてが実写で、しかも余計な解説がないところがいい。オノ・ヨーコはじめ身近なミュージシャン、カメラマン、キャスターの証言だけで進んでいくのも出色です」

「長い離別のあと、ニューヨーク・マディソン・スクエア・ガーデンで開かれたエルトン・ジョンのコンサートで競演し、ヨーコと再会して再出発するところがまた感動的でした。わたしはオノ・ヨーコを見直しました。まさに良妻の鑑です。何度かお会いしましたが、福原夫人も素敵なお方ですね」

「ところで、マスター。わたしの知り合いでシマジ夫人をみた人が誰もいないのですが、マスター、ほんとうに結婚してるのでしょうか。塩野七生さんも中谷巌さんも、同じ疑問を持っていましたよ」

14

誰もこない夜は鍾愛するチャーチルの名演説に酔う

秋風が吹くと人恋しくなるものだ。だが、今夜は珍しく予約も入っておらず、サロン・ド・シマジは至って静かだった。それでも飛び込んでくる客のために、店は開けていなければならない。これが水商売の辛いところだ。むかし遊女は客がこないと茶を挽く仕事をさせられたことから、こういう状態を「お茶を挽く」と言ったものである。

こんなとき、マスターは鍾愛するチャーチルの演説をCDで聴くのである。戦時下の英国首相、チャーチルは名演説家だった。それがBBCで放送され、国民のこころを鼓舞したのである。実際ナチ・ドイツと戦争がはじまったころは、英国は戦闘機も戦車の数もナチ側に劣っていた。ロンドン上空には絶えずドイツの急降下爆撃機ユンカースが姿を現して、ロンドンっ子を恐怖のどん底に陥れた。それでもチャーチルは自ら勝つことを信じ、また国民に信じさせた。

チャーチルは生まれつき〝S〟の発音が苦手だった。スパニッシュをシュパニッシュと発音する癖があったが、このころには克服している。演説の調子は落ち着いて威厳がある。何度聴いても感動する文句はここだ。

「わたしがお約束できるのは、血と労苦と涙と汗だけであります」

1940年5月13日、首相に就任したときの国会演説である。チャーチル六十七歳のときだった。サロン・ド・シマジでは、二つの大きなヒュミドールのなかにチャーチルが愛した葉巻が眠っている。彼は朝起きるとまずシャンパンを飲みシガーを吸った。だからシガーにもシャンパンにも名を残している。一週間に百本吸い、九十歳と一カ月生きた。

残念ながらチャーチルがシングルモルトを愛飲した記録はない。シングルモルトをこよなく愛した男は『宝島』の英国作家、スティーブンソンだ。とくにスカイ島のタリスカーを愛して「タリスカーはシングルモルトの王様である」と書いている。マスターもタリスカー10年をこよなく愛している。食事のときは必ずサントリー・ザ・プレミアムソーダ・フロム・ヤマザキでタリスカーを割って飲む。大きなグラスに氷のぶっかけを入れ、タリスカーをシングル程度注いでソーダを加える。そして上からブラックペッパーを振りかける。

このときマドラーでかき混ぜないことが重要だ。タリスカーが自然に上がってくるのを待てばいい。かき回すと、せっかくの炭酸が飛んでしまう。パリのピガールの娼婦がシャンパンをマドラーでかき回して炭酸ガスを飛ばすのは、客がお腹の上に乗ってきたとき、ゲップをしてはみっともないからである。欧米人にとってゲップはおならより下品なのだ。

今夜も近くのイタリア料理店「ルッカ」で一人で食事をしたとき、マスターはタリスカーのハイボールを飲んだ。そのあとタリスカー10年とスペイサイド・ウォーターのハーフ&ハーフでシェイクして、いま愉しんでいる。サロン・ド・シマジで一人で飲むときは、タリスカー10年に限る。孤島のスカイ島に一つしかない蒸留所の、あの荒涼とした風景を目に浮かべながら飲むのが最高なのだ。

人間の趣向は面白い。ヘミングウェイは約二十年もハバナに住んでいたのに、シガーの醍醐味を知ろうとしなかった。『１９８４』の作家オーウェルはジュラ島に居を構えたのに、ジュラを飲まずラムばかり飲んで、シングルモルトの魔界に入ろうとしなかった。

マスターはいま十本の連載を抱え、おまけに昼間は『現代ビジネス』のウェブ版で「ネスプレッソ ブレイク タイム＠カフェ・ド・シマジ」なる企画もやっている。いつ寝るんだろうと客が心配しているくらいだ。だから、こういう静寂の夜はマスターにとって貴重なのだ。タリスカーが舌の上で踊って胃の腑に沁みるこのときこそ、至福のときなのである。

ちょうどそのときベランダのガラス戸をコツコツと叩く音がした。以前に登場した、あの空飛ぶ青年が笑って立っていた。やっぱり店は一人より二人のほうがいい。慌ててマスターはチャーチルの演説を切って、ジャズに切り替えた。

15

男は死にざまが重要だもしものときはジュラをかけてやる

「マスター、お久しぶりです。お元気ですか」

今夜の客はなぜかマスターより腰が低い。それもそのはず、むかしマスターが週刊プレイボーイの編集長だったころ、毎週、編集部にやってきて、寝食をともにしていた男である。かつて週プレ専属デザイナーだった中城祐志だ。いまや業界の大御所で赤坂の高級マンションに大きな事務所を構え十数人のアシスタントを侍らせて大活躍中である。が、週プレ時代、編集者と一緒に残業食を「美味い、美味い」と食べていた。そのころの中城祐志は純真にして朴訥で「ぼくの分はいくらですか」と言って財布を出そうとしてみんなを笑わせた。

「マスターにはうちの事務所の保証人になっていただいているので、こうしてカウンターのこちら側とそちら側だとどうも居心地がよくありません」

「中城、気にするな。人生にはこういう人間関係の逆転がときに起こるのだ。だから今宵は『中城センセイ』でいかせてください」

「やめてください。いつものようにナカジョーでいいです。ところでマスター、心臓の冠動脈の手術をして、その後、どうですか」

「中城センセイ、お陰様で以前より三倍は元気になりました。そう言えばアナタもバイパス手術をなされたそうですね」

「マスター、気持ち悪いからその言い方はやめてください。術後あまり思わしくなく、再手術をしろと言われています。血管が厚くて太いらしく手術がやりにくいらしいんです」

「わたしは冠動脈が三本のうち二本が詰まっていて、診断は三年後に死ぬと言われたんだが、木村壮介先生という名医に出会い一本は胃袋に行っている動脈を、もう一本は脳みそに血液を送り込んでいるのを拝借し、直接心臓に付けたんで、いま合計五本が稼働している。ナカジョー、デザイナーにも作家にも編集者にも社長にも、一流と二流がいるように、医者には名医とヤブがいる。しかも名医もヤブも手術代が一緒なのが、わが国の医療制度なんだ」

「最近お姐ちゃんとホテルにしけ込んだとき不安になり、万が一のときどうしようと、ときどき深刻に考えたりするんです」

「ナカジョー、任せなさい。そのときは可愛いオンナの子にわたしの携帯番号を教えて、心配しないで存分に愉しみなさい。『おれにもしものことがあったら、ここへ電話して』と言えばいい」

「マスターはなんで、いつもこんなにぼくにやさしいんですか」

「そのとき、わたしは屈強の編集者、タナカ・トモジを連れて、ハイヤーで現場に急行する。女には『今夜の秘密は墓場まで持って行ってくれ。君はすぐ帰りなさい』と言う。死後硬直がはじまっている裸のおまえに急いで服を着せて、トモジの肩にオンブさせる。そしてハイヤーの後部座席のわたしとトモジの間に座らせる。ハイヤーは一路、おまえの愛する奥さんが待ってる自宅へと向かう。車中、わたしは持参したシングルモルトを口に含んで、顔や服にプーッとぶっかける。十字架のマークが付いてるジュラがいいな。田園調布の豪邸に着いたら、またトモジに背負わせて、大きな門をくぐる。『奥さん、ナカジョーはトモジとわたしで飲んでいたら、突然、具合が悪くなり、急遽ハイヤーに乗せて帰ってきたんですが、このザマです。車中で亡くなられたようです。ゴメンナサイ』とわたしが深々と頭を下げる。ナカジョー、愛する妻を最後まで騙してあげるのが大人の愛だ。それに男は死にざまが重要なんだ」

「マスターには死んでからも面倒をみていただき、本当に感謝です」

「その代わり、死ぬ前に膨大なワインコレクションのなかから、ロマネ・コンティ二本とペトリュース二本をわたしに献納すると遺言書に書いておいてくれ。ヴィンテージは問わない。それでトモジを慰労してナカジョーに献杯する。死ぬと体が重くなるから、背負うトモジは大変なんだぜ」


男は死にざまが重要だ、もしものときはジュラをかけてやる

16

明るい夜からは文化も恋も生まれんものや

寒くなると日暮れが早く、こころ寂しくなるものだ。氷を買いに明治屋に行って帰ってくると、不思議なことにサロン・ド・シマジに灯りが点っているではないか。シングルモルトのために一年中エアコンは点けっぱなしだが、灯りはまだ明るかったので点けて行かなかったはずだ。店の鍵を開けて入ると、恰幅のいい懐かしい顔のお客さまがカウンターに座って、ニコニコしているではないか。

「やあ、開高健先生、お久しゅうございます。驚かさないでくださいよ」

「いやいや、セニョール。天国の門番のペテロがわしに『一回だけ一晩、現世の行きたいところに行ってこい』と言うんでな、迷わずサロン・ド・シマジにやってきたんや」

「開高先生。その一言で涙が出てきました」

「柴田錬三郎も今東光もセニョールのことが気になるらしく、みてきてくれと言うんや。わしらの名をかたり、インターネットで『乗り移り人生相談』ちゅう妖しい連載をやってるというじゃないか」

「そんなことより先生、コツコツ集めたあの沢山の宝石は一体どこに行ってしまったんですか。深夜ガバッと起きて、シンドバッドのように懐中電灯で眺めては悦に入っていた貴重な宝石はどうしたんですか」

「ふむ、ふむ、あれか」

「わたしまでが牧羊子夫人に疑われて電話がかかってきましたよ。『天地神明に誓って宝石のことはまったく知りません』と奥さんに言いましたけど」

「それは悪かったやな。まあセニョールはとくに気にせんでもええわ」

「気にしますよ。あんなにあったダイヤモンドやエメラルドが先生が亡くなられた瞬間に、この世から消えてしまったんですから」

「セニョールはいま連載十本もやっとるってホンマかいな。わしの現役中より凄いわ。全盛期のシバレン並みだわな。相当、実入りがいいのとちゃうか」

「先生、わたしの質問にお答えください」

「でも雑誌界も不況の時代に入って久しく、原稿料もわしが活躍していたころと変わらず安いんのとちゃうかな。セニョールは担当編集者に『おれはうまくて速くて高い』と売り込んどるようだが、安いんやろ。だから、わしが言っていただろう。編集者は毎年給料が上がるが、作家はずっと低くて不動やでと。やっとわかったんか」

「開高先生、ニューヨークのあの女にあげたんですか。それともパリ在住のあの女にやっちゃったんですか」

「宝石のことはセニョールが天国にやってきたときに、こっそり教えてやるわ」

「やっぱりニューヨークの女なんでしょう」

「今夜はウオツカと言いたいところだが、ここにはシングルモルトしかないんやろ」

「それでは一杯飲んだら答えてくださいね。シングルモルトなら二百本はあります。先生はやっぱりマッカランでしょう。変わったところで、ゴードン&マクファイルの1970ヴィンテージものがあります」

「ええなあ、懐かしいわ。そんならストレートで飲ませてくれんか。何も足さない。何も引かないでな」

「いまさら先生の健康のことに気を遣ってもはじまりませんから、どうぞストレートでやってください」

「美味い！　二十三年ぶりのマッカランや。こいつは舌の上で一度ジャンプしてからコクを感じさせるんやな。極上のシングルモルトやで」

「先生、福島原発問題はどう考えればいいんでしょうか」

「東京も節電でえろう暗くなったが、ヨーロッパはもっと暗いんやで。明るい夜からは文化も恋も生まれんものや。パリからきたオナゴが言っとったで。東京は明るすぎて宝石が映えないちゅうてな」

「先生、宝石はやっぱりパリのあのオナゴにやったんですか」

「セニョール、相変わらずしつこいんとちゃうか」

17

愛に満ちた一モルトで東北帰りの自衛隊員と少女に献杯した

高潔、勇気、献身――。これはアメリカ海軍の標語である。いまの日本では、もっとも遠くに行ってしまった価値観である。ところが2011年3月11日、未曾有の大津波が東日本の太平洋側の海岸の町をあっという間に呑み込んだときから、高潔、勇気、献身を培ってきた集団が立ち上がった。それはいままで国民に尊敬されていなかった自衛隊である。

十万人規模の自衛隊員が生々しい無惨な爪痕が遺された瓦礫の山のなかに投入された。命からがら逃げ切れた被災者たちの目には、この高潔にして勇敢なる献身的な自衛隊はどんなに頼もしくみえたことか。彼らは炊き出しを難民同様の被災者たちに配った。テントのなかに風呂を作り多くの人たちを入れた。

今夜の客人はそんな高潔、勇敢、献身の男である。この独身の自衛隊員は葉巻をこよなく愛していたが故に、マスターとの縁ができたのである。マスターが会長をしているシガーダイレクトのブログで「百日間、瓦礫のなかで作業をして、さすがに疲労困憊です。一人になったとき、どんな葉巻をどんな環境で吸ったらいいですか。コードネーム、ダンテス」とあった。マスターは感動してすぐ返事を出した。「満月の月明かりの下で、出来たらグスタフ・マーラーのアダージョを聴きながら、パルタガスのセリーＤ№4をゆっくり吸うのがいい」そして付け加えて言った。「戦士の休暇が取れたなら、いつでもサロン・ド・シマジにお越し願いたし。大歓迎する」

いまわたしの目の前に座っている屈強にして精悍な戦士は、かつて空挺部隊に所属していた。今夜の客の実名はあえて伏せる。理由は集団で行動しているのに、一人だけ目立つことは許されないからだ。

「この日のために、わたしはスピリット・オブ・ユニティという名のボトルを用意していたんだよ」

「ありがとうございます。これは七つの蒸留所が一樽ずつ寄贈して混合してつくり、その売り上げの全額を東日本被災地に寄付するという崇高なボトルですよね」

「よく知ってるね」

「自分はシングルモルトと葉巻と本が大好きなんです。今夜もマスターと一緒に吸おうとシガーを二本持参しました」

「凄いじゃないか。キューバン・ダビドフじゃないの。どうしたの、こんな貴重なシガーをどうやって手に入れたの」

「インターネットで北海道の方から譲ってもらったものです」

「最低、一本五万円はするよね」

「そうですね」

「じゃあ、遠慮なく吸わせてもらうよ」

「どうぞ、どうぞ」

「今夜はまずスピリット・オブ・ユニティで献杯しよう」

「献杯！　均等に七つのモルトをブレンドしたスピリット・オブ・ユニティ――絆――はなかなか美味いですね」

「よかった。地獄の現場から帰還してきた貴官には、これがピッタリだと思って仕入れておいたんだ。貴官がいちばんこれを飲む権利がある」

「わたしが着任した現場は東松島でした。あそこもひどい被害が出た町です。怖ろしいことにご遺体はみんな裸にされてしまうんです」

「ちょうど津波で洗濯機のなかの状態になるらしいね。水の力で衣服は脱がされてしまう」

「自分の足の下に何か柔らかいものがあると思い掘ってみたら、泥のなかから少女が出てきたのです。自分は水筒の水で彼女の顔や体を洗ってやりました。あまりの残酷さに涙も出ませんでした」

「その可哀想な少女に献杯しようじゃないか」

今宵のサロン・ド・シマジは、たった三本のロウソクが点っているだけである。いつになく重い空気が充満している。それでも若い戦士は、スピリット・オブ・ユニティをがっつり飲んでくれた。それがせめてもの今宵の慰めであった。合掌。

18

俗世も紅茶も ほみ出し者がいるから 面白いワケで

「シマジ君、ここが噂のサロン・ド・シマジなの」と今宵のお客の横尾忠則さんが言った。

横尾さんに「クン」呼ばわりされると編集者は一人前なのである。相手がどんなに若い編集者でも、天才はこころを許さない限り「クン」呼びしない。このほど、わたしの新刊『知る悲しみ』（講談社刊）を担当した講談社のハラダは、まだ「ハラダさん」と呼ばれている。「ハラダさん」が「ハラダ君」と呼ばれるにはもう少しひと仕事が必要だ。ぐぁんばれ！　ハラダ。

「『知る悲しみ』の表紙&装丁は大評判です。ホントにありがとうございます」とマスター。

「大粒の涙がいいです。悲しみに裏打ちされた諧謔《かいぎゃく》こそシマジさんの真骨頂ですから」とハラダが割って入った。

「ハラダさん、なぜ『知る悲しみ』の〝み〟が枠からはみ出しているのか、わかりますか」と画伯が問題提起した。

「うーん、わかりません」

「シマジ君、わかる?」

「深い意味が隠されてるんですか」

「このはみ出しは、シマジ君が〝はみ出し者〟だから閃いたんだよ」

「なるほど、正鵠《せいこく》を射ています。ところでマスター、今夜は何を飲ませていただけるんですか」とハラダは、ウィリアム王子とキャサリン嬢の結婚を祝した記念ボトル、1982年のポート・エレンに目を輝かせて、ヨダレを流さんばかりの顔をしている。

「ハラダ、今夜は残念だ。横尾さんはまったくアルコールを受け付けないんだ。今宵はおいしい紅茶だね」

「紅茶ですか。横尾先生、ホントに飲めないんですか」と飲んべえのハラダは落胆した。

「ぼくは奈良漬け一枚食べただけで顔が真っ赤になって翌日二日酔いになり頭痛に悩まされるんです。ハラダさんはぼくに遠慮しないでお酒を飲んでください。どうぞ、どうぞ」

「いや、わたしは紅茶も好きなんです」

「ホントか？　ハラダ」とマスター。

「横尾さん、わたしの紅茶のお点前は本格的に英国人に教わったんです。まずスモーキーアールグレー、アッサムのハルムッティ、ウバのセントジェームス、それから柑橘系の香りがするボレロ、最後にラプサン・スーチョン・インペリアル。すべてパリのマリアージュフレールの紅茶です。これをブレンドして100度の熱湯で入れます。水はスペイサイドのグレンリベット・ウォーターを使います」

「いつもマスターがシングルモルトに加水してる、あの貴重なスペイサイド・ウォーターをですか」と、ハラダはもったいないという顔をした。

「シマジ君、この香りは神秘的だね。生まれてはじめて嗅ぐ香りだ。色も真っ黒じゃないか」

「だから紅茶はブラックティと言われてるんです」

「このヨードチンキみたいな匂いはなんなの」と画伯は怪訝な顔で尋ねた。

「よくぞ気がつきましたね。これがラプサン・スーチョンです。単品では飲みにくいですが、ブレンドすると紅茶に深みがでるんです。ウイスキーはシングルモルトで、紅茶はブレンデッドで、という格言があるくらいです」

「そうか、ラプサン・スーチョンは、まるでシマジ君みたいじゃないか。世のなかも紅茶も、はみ出し者がいないとつまらないんだな。ところで『うろつき夜太』（集英社刊）の原画、シマジ君、ちゃんと飾ってあるじゃない」

「横尾さん、ある金持ちが感動して一千万円なら現金で買おうと言うんですが、キッパリ断りました」とマスターは誇り高く胸を張った。

「もったいないな。これと同じ絵をぼくがもう一枚すぐ描いてあげるから、シマジ君、これを一千万円で売って半分ずつ山分けしようよ」

「いいアイデアですが、考えさせてください。それって贋作では？」

「いやモーリス・ユトリロなんて同じ絵を何枚も描いてる。第一、ぼく自身の絵だしね。そんなに深刻に考えなくてもいいんじゃないの」


俗世も紅茶もはみ出し者がいるから面白いワケで

19

どじょうのリーダーのために死にたくはない

今夜の予約客は珍しく女性である。いままでの客の顔ぶれは、ここはオカマバーかと思われるくらい男ばかりである。決してマスターは三島由紀夫のファンではない。もしかすると、女が一人で入ってくるのが怖いのだろうか。いやそんなことはない。マスターはすでに七十歳の枯れた老バーマンである。

「マスター、お久しぶり。お元気だった」と颯爽と出現したご婦人は、全身ジョルジオ・アルマーニで身を固め、イタリア製の黒縁の眼鏡をかけた塩野七生さんだった。

「マスターに教わったシングルモルトを水と半々にしてシェイクする飲み方を、いま帝国ホテルのオールドインペリアルバーで流行らせてるのよ」

「それは嬉しいですね」

「ここでいただくスペイサイド・グレンリベット・ウォーターは美味しいわ。残念ながら帝国ホテルにはないのよ」

「今度、石原マネージャーに入れるように言っておきます」

「ところでマスター、『十字軍物語』（新潮社刊）の最終巻、読んでくれた？」

「力の入った浩瀚《こうかん》な一冊、一気に読みました。正直、最初に出た『絵で見る十字軍物語』（新潮社刊）はよくわかりませんでした。十字軍のことは、日本人にはあまり馴染みがなく知らない人が多いんじゃないですか。ほかの三巻もしっかり読めば、もうヨーロッパ人のインテリを相手にしても負けないでしょう。塩野さんはじつにいい本を書いてくれた。圧巻は何といっても、第三次十字軍ですね。中東に攻め込む英国の獅子心王リチャード一世とそれを迎え撃つイスラム側のサラディンの戦いです。英国は〝サラディン税〟まで取って十字軍遠征費を調達したなんて知りませんでした」

「マスター、よく読み込んでるじゃない」

「塩野さん、どうしてあの時代、リチャードやサラディンのような魅力溢れるリーダーが誕生したんですか」

「まさに、その時代が生んだのでしょう。サラディンにもリチャードにも痺れるような男気があったのでしょう。このリーダーのためだったら死んでもいいと、兵士たちはホントに思ったということよ」

「たしかに、どじょうのリーダーのためには死にたくない。型破りのリチャードのような社長の下で働いたら面白いでしょうね」

「戦争中はたがいに代理を出して交渉していたので、二人が直接会うことはなかったんですが、こころのなかで尊敬し合っていた。サラディンはリチャードが敷いた陣容をみて感心して、全軍に撤退を命じたあと、見事なアラブ産の駿馬を贈り物として届けさせる。反対にリチャードはサラディンの弟アラディールが十二歳の長男を同行させて講和の交渉にやってきたとき、その男の子をいたく気に入り『騎士に叙す』と言って、西洋風の輝ける長剣を一振り与えてます」

「戦乱のなかの輝ける美談です」

「リチャードが中東の地から引き上げて行くと、サラディンは急に力尽きたように、病に倒れてあっけなくこの世を去る。のちにその死を知ったリチャードは、おれがもう少し残ったほうがサラディンは長生きしたかもしれないと側近に語ったと言われています」

「そのリチャードもあっけなく矢に当たって死んでしまう」

「人生はいつの世も無常なのです」

「塩野さんはこのあと何を書かれるんですか」

「二人の男を書きたいと思ってるの」

「一人はリチャード。もう一人はアレクサンドロスじゃないですか」

「担当編集者にもまだ言ってないのにたとえマスターでも言えないわ。ところでいま飲んでるのは何ですの。高そうなボトルだけど」

「英国王リチャード一世に因んで、去年、結婚したウィリアム王子とキャサリン嬢の結婚記念のロイヤル・ウェディング・ボトルです。中身はポート・エレン１９８２」

「それは、ウィリアムとケイトが同じ１９８２年生まれってことなの？」

「その通りです」

20

騙されたと思って この魔法の器で 飲んでみてくれ

今年の冬はやけに寒い。七十歳の老来の身には余計に寒く感じる。でも、こうして素敵な予約客を待っていると、こころがなぜか温かくなってくる。

今宵のお客はシングルモルトの日本における第一人者、ウイスキー評論家の山岡秀雄さんだ。シングルモルトにおける、わたしの師匠にあたる。山岡先生はスコットランドのアイラ島のテイスティング・コンテストで何度も優勝したほどのゴールデン・タンの持ち主だ。

山岡さんと親しくなったのは、世界的なシングルモルトの権威、故マイケル・ジャクソンの訃報に接した五年前のことである。わたしはマイケル・ジャクソンの追悼文をコラムに書くために山岡秀雄を捜した。山岡さんはマイケルの名著『モルトウィスキー・コンパニオン』（小学館刊）の翻訳家として名を連ねていた。版元の小学館に電話すると山岡さん本人が出た。山岡さんは歴とした小学館の社員だった。小学館は集英社の隣にある。こんな近くに山岡さんがいることにわたしは運命さえ感じた。すぐじか当たりした。

「マイケルは風呂場で心臓麻痺で倒れて亡くなり、いつも来る掃除婦がみつけたそうです。六十五歳でした。独身でしたがゲイではありません。つい最近までガールフレンドがいました」と山岡さんは切々と語った。

「彼のいちばんの功績は何ですか」

「あらゆるシングルモルトに点数をつけたことでしょう」

「チャーミングな男だったんですね」

「日本語訳ができて一冊届けたら、サインした上に〝イーグルのような目とテリアのような鼻を持つヒデオへ〟と書いてくれました」

まだ存命中、来日したマイケル・ジャクソンは山岡さんのマンションを訪れた。そのマンションには二千五百本のシングルモルトが所狭しと並べられている。一年中、常時24度にエアコンが設定されている。しょっちゅう点けたり消したりすると始動に電力がかかるのだが、点けっぱなしにするのと、そんなに電気代は変わらないそうだ。だからサロン・ド・シマジでも山岡方式を踏襲している。

山岡さんは気前がよくてやさしい。忙しくてわたしがマッカランの垂直テイスティングの会に出席できなかったら、わざわざ七本の小瓶に入れ替えて、1980、1977、1974、1968、1964、1963、1960というヴィンテージ順に持参してくれた。

さて今宵は何を持って登場するだろうかとわくわくしていると、冷たい夜風とともに山岡さんが現れた。

「マスターの好きなポート・エレンを持ってきましたよ。魔法の器と一緒にね」

「へぇ、このポート・エレンは山岡さんが正式に認可してるんだ。〝approved by hideo yamaoka〟とサイン入りだね。魔法の器とは何？」

「この陶器は、名古屋の陶芸家、中村公之さんとのコラボで制作したウイスキー専用の器。地球を思い起こさせるやや球形のフォルムと、ピートなどの土のニュアンスに絡めて『アース（earth）』と命名したんだ。これだけ薄く繊細に焼くのは至難の業で、焼いてるうちに何個も壊れてしまうそうだよ。マスター、騙されたと思って、今夜はこのポート・エレンに加水して、まずいつものようにグラスで飲み、その後この器に入れ替えて飲んでみてください」

「たしかに味がまろやかになった気がする。ピートの香りも立ってくるね」

「この器はお茶を飲む茶碗と一緒で土でできてるんです。常滑焼で有名な愛知県の常滑の土でしてね。土の性質、合わせた釉の調合、焼成の仕方で化学変化を起こしているのかもしれないし、とにかく肉眼ではみえないけど、底が網の目のようになっていて、そこで濾過されるようなんです」

「マイケル・ジャクソンが考案した蓋付きグラスでも飲んだけれど、こんな変化ははじめてだ。このポート・エレンは何年ものなの」

「1979年の樽ですよ」

「もう少し長く熟成した1975年ものくらいに感じるね。これはまさに魔法の器だね」

21

「明日はいらない今夜が欲しい」と艶き男は言った

水商売に「同伴出勤」というシステムがあることをご存じだろうか。お客を強制的に店に招き入れるために、ホステスが馴染みの客と食事をして概ね8時30分までに同伴して店に入ることを言う。サロン・ド・シマジのマスターもこの不景気のなか、最近は同伴出勤をしないと店に閑古鳥が鳴く夜がたまにある。今宵の強制同伴の客は、泣く子も黙るスーパーバイヤーで「福助」を再建させた藤巻幸夫さんと「KENJIIKEDA」のブランドで売り出し中の新進気鋭のレザー・デザイナー池田憲治さんである。

食事は浅草の「鷹匠寿」だった。ここの息子のミツルはわたしの隠し子で親孝行をしてくれる。ジビエはいまがハイシーズンだというのに席を作ってくれた。野鴨の小型の〝たかぶ〟の半身を塩焼きで食べたあと、江戸時代から使い続けるハガネの鉄板の上でミツルが丁寧に野鴨を焼いてくれた。当然三人のほっぺたは落下した。落ちたほっぺたをそのままに、浅草から広尾までタクシーで、高速道路を光より速くサロン・ド・シマジにやってきた。

「散々、野鴨の煙で燻されたから、今夜はスモーキーなシングルモルトでいきますか」

「へえ、こんな変わったラフロイグがあるんですか」と藤巻さんが尋ねた。

「これはダン・イーダンというボトラーズのラフロイグ17年もの。1993年に樽詰めされ、2010年にボトリングされた百二十本中八十三番目のボトルです」

「たしかにまだ脂っこい野鴨のうまみが残る舌をやさしく洗ってくれますね」と藤巻さんが感動した。

「池田さん、あなたは何歳ですか」のマスターの質問に、池田さんは顔を輝かせて答えた。「三十四歳です」

「ケンジは十四歳から英国に留学して向こうの芸術大学でセンスを磨いた新進気鋭のデザイナーです。日本の確かなものづくりに、欧州で培ったモードな感性を融合させたバッグを作ります。いまどき珍しく男のハートを持ってるので、今日、マスターに紹介したくて連れてきました」

「ぼくは藤巻さんの熱いところを死ぬほど尊敬しています。死んだら藤巻さんの骨を飲むつもりです」

「ぼくもマスターが大好きです。マスター、死んだら骨をください。飲みます」

骨骨師弟コンビは酔って大声で宣言した。マスターは、シバレンさん、今大僧正、開高さんの骨を飲むべきだったかなと大いに反省した。

「マスター、ケンジとぼくに葉巻を教えてください」

「いいですよ。じゃあ試しにパルタガスのショーツを吸ってみますか」

「うん、吸いやすくて美味いですね。第一、このシガーは柔らかい」

「シガーは管理が大変で毎日一回ヒュミドールの蓋を開けて新しい空気を入れてやり、なおかつ70パーセント以上の湿度を保たなければ味が落ちてしまうんです」

「何かぼくにできることはありませんか」と池田さんが言い寄ってきた。

「そうだ。シガーケースをデザインしてくれる？　ほとんどのシガーケースは黒一色なんだ。例えばライトブルーと黄色のツートンカラーの葉巻入れを作ってみてくれない？　ちょうどラフロイグがレギュラーボトルものばかりではなく、いま飲んでいるボトラーズのものもあるように、変わったシガーケースが欲しいな」

「たしかにシガーの味は様々ですから、シガーケースにも個性が必要ですね」

「ケンジ、三つ作れ。マスター用、おれ用、そしておまえ用だ」

「はい、了解しました！」

骨骨師弟コンビは仲がいい。新しいものへの弟子の挑戦を師匠が温かくみているようだ。

「藤巻さん、明朝は早いんでしょう」

「はい。早朝5時にテレビ局のクルマが自宅に迎えにきます。でも、そんなこと気にしないでください。大切なのは、いまを夢中に生きることです。明日はいらない。今夜が欲しい」

クリエイティブな男たちの夜は、いつも情熱的で愉しいのだ。

22

告白しよう モルトの薀蓄は実は彼に教わった

今夜はわたしの英会話の先生、ジェフ・トンプソンがやってきた。ジェフ先生は生徒のわたし以上にシングルモルトをこよなく愛している英国人だ。生まれも育ちもスコットランドの近くニューキャッスルだが、大人に成長すると同時にバイキングのDNAが騒いだのか、豪華客船の専属カメラマンになって世界一周の旅に出た。そして選んだのがジパング、日本だった。

ジェフは教養を買われて日本で『ジャパンタイムズ』の校閲の職を得た。東京に住み着いて早くも四十五年が過ぎた。いまだ独身である。わたしと同じ目黒の信濃屋の柴野店長の餌食になって、せっせせっせとシングルモルトを買っている同好の士でもある。シングルモルトの数では負けないが、シングルモルトに関する書籍を膨大に所有していて、わたしなどは足元にも及ばない。校閲者の血が騒ぐのか、シングルモルトのこととなると徹底的に調べるのだ。

必然的に英会話のレッスンは、シングルモルト・レッスンになってしまう。よくわたしが使う「ソートアフター＝Sought After（珍重される）のシングルモルト」という表現は、じつはジェフ先生からの直伝である。

「ジェフ、サロン・ド・シマジには二百本以上のシングルモルトが眠っている。好きなものを選んでいいよ」と太っ腹にもわたしが言うと、校閲出身のジェフはまるで誤字脱字を探すがごとく時間をかけてくまなくシングルモルトをチェックしたあと、ワインセラーの奥から一本取り出してきて言った。

「これはまさにソートアフターのシングルモルトじゃないの」

わたしが大事に隠していた珍しいシングルモルト「マクダフ１９６９」をカウンターの上に置いて続けた。

「ぼくはシェークスピア作品でいちばん好きなのは『マクベス』なんだが、主人公のライバルをマクダフと言うんだ。スコットランド古来の言語ゲール語でマックというのは、息子という意味がある。つまり、マッカーサーはアーサーの息子ということなんだよ」

彼と話していると本当に勉強になる。

「古いモルトは、一滴か二滴加水して、少なくとも四十分は置いて飲んだほうがいい。ぼくの場合、10年ものは50パーセントで加水して十分は待つ。15年ものは30パーセント加水して十五分待つことにしている。30～50年ものはほんの少しだけ水を垂らして、そのヴィンテージの年数分だけ待ってあげる。それがシングルモルトに対するジェントルマンの礼儀だよ」

古いボルドーワインのデキャンティングに似ているではないか。そんなわけでジェフ先生は、マクダフ１９６９のシングルモルトをグラスに注いで、二滴だけスペイサイドのグレンリベット・ウォーターを垂らして目の前に置くと、口を付けずに話し続けるのだった。

「ピートのタイプは三種類あって、１～５ｐｐｍ、10～20ｐｐｍ、30～50ｐｐｍの三つに分類される。もっともピーティなシングルモルトは何かと訊かれると、大抵の人はラフロイグって答えるんだが、いちばんピーティなのはじつはアードベックなんだよ」

わたしもラフロイグだと思っていた。ジェフ先生の講義は止まらない。

「中国という国は人類のなかで最初に印刷機を発明し、また火薬、羅針盤も発明しているが、じつはウイスキーも考案したという説もあるんだよ。紀元前のことだが、はじめは香水を作るために蒸留したらしい。それが中東を経てアイルランドに伝わり、さらにスコットランドに渡ってシングルモルトとして華が咲いたというわけなんだ」

さすがはジャパンタイムズの校閲係だけあって教養においてもマスターは歯が立たない。あるときわたしがウォーキング・ヒュミドールと書いた原稿をジェフ先生がみつけて「これはウォーク・イン・ヒュミドールと書くべきだね」と指摘されたことがあった。

「そうだ。今夜は格言好きのマスターにいい言葉を教えてあげよう。『色は褪せ、寺院は朽ち果て、帝国は滅びる。しかし、賢者の言葉は残る』」

たしかにローマ帝国は滅亡したが、賢人の言葉は残っている。

23 肥土伊知郎さんはロマンティックな愚者である

よく行く恵比寿のオーセンティックバー『パナセ』の羽崎マスターに「明日、イチローがサロン・ド・シマジにやってくる」と自慢したら、顔色を変えて答えた。

「いいっすね。サロン・ド・シマジには天皇陛下以外はだれでもくるっていつも豪語していますものね。明日すか。店を締めてぼくも行っちゃおうかなー」

「そんな無理しなくてもいいよ。あとでここに連れてきてもいいんだから。だってイチローは『パナセ』には行ったことがあると言っていたぞ」

「えっ、マジすか。あのイチローが!?」

「マリナーズのイチローじゃない。イチローズ・モルトの肥土《あくと》伊知郎だ」

江戸時代から続く造り酒屋に生まれ、東京農業大学で醸造学を学んだイチローは、ウイスキーの蒸留の仕事がしたくてサントリーに入社した。当時サントリーでは、大学院の修士課程を修了していないと醸造士にはなれなかったため営業に回されたが、彼には三代に繋がるウイスキー職人の血が脈々と流れている。

イチローの祖父は羽生蒸留所を設立し、当時では珍しいポットスチルを導入してウイスキーをつくっていた。だが、なかなか個人で蒸留所を維持するのは難しく経営危機に陥る。孫のイチローはサントリーを退社し、家業の再建を試みたが倒産。会社は蒸留所とともに別の酒造メーカーに売却された。

やがて、その売却先もウイスキー事業から撤退し、せっかくのウイスキーの原酒が宙に浮いた。イチローは親戚から資金の支援を受けて、期限付きでウイスキーの原酒の引き取り手を血眼で探した。ウイスキーの原酒を貯蔵する倉庫をみつけるのは至難の業なのだ。貯蔵場所がなければ、すべての原酒に課税され、大変なことになる。

幸運の女神はイチローのロマンティックで愚かな夢に微笑んでくれた。ついに福島県にある笹の川酒造が愛の手を差し伸べたのだ。その後、彼は埼玉県秩父市で「株式会社ベンチャーウイスキー」の設立にこぎつける。笹の川酒造で預けていた原酒を、「イチローズ・モルト」として世に出すことができたのは2005年の春だった。

そして今夜、イチローが、いまは亡き羽生蒸留所で蒸留された原酒を詰めた「イチローズ・モルト23年 カスクストレングス」を名刺代わりに持参し、サロン・ド・シマジにやってきた。シルバーの文字が印字された黒いラベルは、短くも重い歴史を感じさせる。

「ここにはたくさんのイチローズ・モルトがあって嬉しいですね。なんだかボトルでポーカーができそうです」

イチローズ・モルトはラベルがお洒落なのだ。イチローズ・モルトのラベルと言えば、トランプをモチーフとした「ザ・ゲーム」シリーズで知られるが、2011年末にリリースしたミズナラ樽熟成「ザ・ゲーム 2000-2011」の浮世絵風ラベルも、なかなかひねりが効いている。髷を結い、立派な刺青を纏った江戸の極道が、ザ・ゲームのボトルを傍らに置いて丁半博打に興じる姿が描かれているのだ。

「イチローズ・モルトのラベルデザインは、デビューから現在まで、一人のデザイナーが手がけています。たまたまパナセで出会った、当時まだ二十代だった男です。いよいよデビューするにあたり、四つの樽をすべてシングルカスクでボトリングしたいのだが……と相談すると、『四つといえばトランプのカードじゃないですか。ぼくだったらそれをモチーフにしますね』とデザイナーは目を輝かせたんです」

刺激的な男たちの熱い会話はいつもバーのカウンターで繰り広げられるものだ。そんなわけで、はじめて会った男同士はたがいの才能を信じ合った。そうして♠のA、◆のK、♥のQ、♣のJのラベルを貼ったボトルが世に出た。これがイチローズ・モルトのゲームのはじまりである。

「勢い余って最も強い四枚の切り札をいきなり使い果たしてしまったのは、いま考えると若気の至りでした」

大丈夫。幸運の女神は二度、微笑んでくれることだろう。

24

シバレン先生 今太僧正 開高先生の墓参りをすればいい

開高健は「自分の熱烈な読者には会わないほうがいい。作品を通して勝手に読者が作家のことを想像してほしい」とよく言っていた。が、わたしは自分の作品を絶賛してくれる読者とはよく会うし仲がいい。「じか当たりこそが人生なのである」なんて書いてるから、逃げるわけにはいかないのだ。

今夜、サロン・ド・シマジにやってくる谷川聖和もそういう読者の一人である。谷川に出会ったのは、ウィスキーコレクターの山岡秀雄さんが主催するシングルモルト・テイスティングの会であった。好奇心旺盛な谷川は「どうすれば運が強くなりますか」と訊いてきた。酔った勢いでわたしは「シバレン先生、今大僧正、開高先生の墓参りをすることだな」と返答した。

翌朝5時ごろ、谷川聖和はタワシと雑巾を持参して、柴田錬三郎が眠る菩提寺、伝通院に現れて、坊主を叩き起こして尋ねた。

「柴田錬三郎先生の墓はどちらにあるのでしょうか」

「あそこの突き当たりを右に曲がってすぐ右に曲がったあたりにあります」

眠そうな坊主がいい加減な調子で答えた。谷川はすぐ柴田家の立派な墓をみつけた。水を汲んできて、丁寧に洗剤とタワシでゴシゴシ洗った。あたりがやっと明るくなったころ、先程の若い坊主がやってきた。

「スミマセン、柴田先生は本名を斉藤といいまして、斉藤家の墓はあそこです。若いファンの方はよく間違うんですわ」

「はあ?」

谷川聖和は自分の浅学を恥じて最初からやり直した。横尾忠則がデザインした斉藤家の墓はピカピカに磨かれ、朝日に輝いた。

谷川の本業は建築業の下請けをしている。まだ三十代半ばだが社長をやっていて、3・11以降、地震被害の修繕工事に追われている。なぜか現場は学校関係が多い。この間も早稲田大学の総長室の壁紙の全面取り替え工事をやった。近所のバーで手なずけて可愛がっている、早稲田大学大学院で物理を学ぶ優秀な子分、五十嵐一貴に電話した。

「おまえ、総長室って入ったことねえだろう。今日、アルバイトで雇ってやるからこい。一生の思い出になるぞ」

谷川聖和は後輩の面倒見がいい。現場は自分より年上が多いが、谷川は先輩の受けもいい。いつも自分から埃をかぶり働いている。

また早稲田大学に仕事でやってきた。今度は大隈講堂の時計台の修繕だった。そうだ、五十嵐を呼んでやろうかと思ったのだが、すでに五十嵐は新日鉄に入社して九州に配属されていることに気がついた。

「あいつ、いまごろ元気にやっているかな」谷川は一瞬こころのなかで呟いた。

先日、谷川はポート・エレンのファーストを持参してきた。「自分一人ではもったいなくって飲めないけど、マスターとなら愉しく飲めます」なんて可愛いことを言うではないか。

「今夜はニッカウヰスキーのシングルモルト『仙台12年』をお持ちしました。ちなみに、いま仙台は活気に満ちているようで、飲み屋が大繁盛していて、閑古鳥の銀座からホステスが出稼ぎに行ってるそうです」と谷川。

「街の元気は飲み屋街をみれば一目瞭然だよな。よかったねえ。じゃあ『仙台12年』

で仙台に乾杯しようか」

人間にはだれにも欠陥があるものだ。谷川聖和のそれは酒に飲まれてしまうことである。まだ三、四時間も飲んでいないのに、谷川の体が左右に大きく揺れている。

「谷川、大丈夫か！」とマスター。

「もう『仙台12年』が空に、なりました……スか？　酔っぱらって、しまった、ようでござんス……」

酩酊した谷川聖和はヨロヨロしながら帰った。谷川の家は神奈川県の川崎市にあるのだが、明け方、気がついたら東京の東端、江戸川区のとあるマンションの芝生の上で寝ていた。そのまま谷川は、今度は寛永寺の今大僧正の墓参りに出発した。

25

じか当たりで築いた男の友情は男女の仲より固い

このごろ編集者と作家の関係は希薄になっている。ひどい編集者はファクスかメールで作家に注文してきて、原稿はファクスやメールで送稿してもらい、作家の顔をみないで仕事をしているのが実情である。じか当たりは文明の利器の進歩でなくなってしまった。

ところが、マスターのシマジと編集者たちの関係は濃厚で濃密なのである。『現代ビジネス』のセオなどは、マスターがパソコンが不得手で原稿を送稿できないためにわざわざサロン・ド・シマジに出社前に寄って、マスターのパソコンから自分のパソコンに送稿するだけのために足を運んでくる。もちろん駄賃にシングルモルトを一杯ひっかけることは忘れない。

マスターは一年に二回〝シマジサミット〟と名付け、担当編集者全員を集めてじか当たりの宴を開いている。どうしても男ばかりの酒盛りになってしまうのはマスターの特異な資質のせいである。連載が終了した担当編集者も呼ばれるのだ。マスターに言わせると、男と女の間柄とちがい、男同士は気が合って一度、袖を振り合うと、一生の関係になってしまうものらしい。

今回は念願叶って江古田の「やっちゃん」で宴が開催された。バカな条例で、いま牛の生肉が食えないのは残念だったが、食材が秀逸だから煮ても焼いてもとにかくほっぺたが落ちてしまった。瀬戸内寂聴先生御用達のドブロクを三升飲み干したあと、一路サロン・ド・シマジへと帰ってきた。

「ここの二百本あるシングルモルトと三百本のシガーは、おまえたちが払ってくれた原稿料で買ったものだ。今宵は何を飲んでも何を吸ってもいいぞ！」満席のためかマスターはご機嫌よろしく太っ腹で言った。

「マジすか。お言葉に甘えてラフロイグ25年からいただきます」と、飲んべえのハギワラが携帯でラベルを撮った。

「写メールをどこに送ってるんだ」

「デキちゃった離婚して結婚した新妻にです。まもなく生まれます」

「やるねえ。ハギワラは」

「ミツハシさん、別れた女房に仕事ください。おれが言うのもなんですが、彼女はよくできるフードライターです」

「わかった。考えてみよう」

「おれ以外は、現役の編集者だったころのマスターを知らないんだよな」とセオ。

「ぼくは『甘い生活』（講談社刊）を読んで『メンズプレシャス』の創刊のとき『お酒落極道』の連載を頼んだ」とハシモト。

「ぼくも同じ口でPenに『サロン・ド・シマジ』のバー物語を閃いて書いてもらってる」とトシキが割り込んだ。

「わたしだってそうだよ。マスターが編集者を引退してからウェブサイトで『乗り移り人生相談』をはじめたんだ。いまもう一本『日経レストラン』で『百年の店、百年の言葉』を連載中だよ」とミツハシが胸を張った。

「わたしは新参ものですが、今度、出版する伊集院静さんの文庫『あなたに似たゴルファーたち』の解説を書いてもらいました。マスター、一本葉巻をもらっていいですか」と文藝春秋のキクチ。

「おれは『はじめに言葉ありき、最後に言葉ありき』の書き下ろしをもらった」と二見書房のヨネダがキャパドニック38年を美味そうに飲みながら言った。

「ぼくはいま『シマジ流大人の礼儀作法』の書き下ろしをお願いしている双葉社のテヅカです」

「みんなマスターの精子を頭からぶっかけてもらい編集者として一人前になった鮭の卵みたいな存在なんだよな。『現代ビジネス』の『ネスプレッソ ブレイク タイム @カフェ・ド・シマジ』はすごい人気なんだぜ」とマスターをのせるセオ。

この男たちは、誰よりも面白い企画を仕掛けてやろうと野望を抱くライバル同士である。わたしは七十一歳にして、この男たちに毎日刺激されているのだ。

「みんなには感謝している。ありがとう。おれには〝親の七光り〟はなかったが、みんなに迷惑をかけながら〝アカの他人の七光り〟でここまでやってこられたんだ。今夜は大いに飲んでくれ。男ばかりだけど愉しい夜だ」

宴は夜が白々明けるまで続いたのである。

26

高熱に冒されても怪物ドン小西は悠々と葉巻を吸った

テレビをほとんどみないマスターは、ドン小西の存在を知らなかった。ところがシガーダイレクトの計らいで、一緒に葉巻の聖地、ハバナへ三泊五日の旅に出かけることになった。テレビで多忙を極めるドン小西は前日から大風邪を引き、39度近い高熱に苦しんでいた。成田に向かうクルマのなかで考えた。

「本当はおれはこのまま病院に行くべきなんだろうな。でもそんなことをしたら、一生マスターに弱虫だとバカにされ頭が上がらなくなるだろう」

マスターの処女作『甘い生活』を読んでいたドン小西はマスターの性格を見抜いて

いた。「あいつにはどんな言い訳も通じない」と、彼はまだ会っていないマスターのことを考えていた。

はじめて成田空港でマスターに会ったドン小西は高熱のことは内緒にして、「昨夜徹夜で仕事したんで元気がなくてゴメン」と謝った。マスターはこれが有名なドン小西かと奇抜なお洒落を眺めながら感心していた。機中ドン小西は死んだように爆睡した。

憧れのハバナに着いた。マスターはホテルのショップで「安い、安い」と喜んで、コイーバのシグロⅥを十本買い込み旅行用のヒュミドールに入れた。ついでに部屋で飲むために最高級のキューバン・ラムも仕入れた。疲れていたのでその日は軽く食事をして、3時ごろからシエスタをとった。そして夜8時ごろ電話がなった。

「いま何してる。そっちの部屋に遊びに行っていい?」とドン小西からだった。「どうぞ、どうぞ」マスターは快く迎えた。

二人はラムを飲みコイーバを吸った。

「じつはおれ、風邪を引いていままで39度の熱があったんだが、ケツから解熱剤のボルタレンの座薬をぶち込んだら37度まで下がった。大丈夫。飲もう」

「大丈夫なの。無理しないほうがいいよ。明日はパルタガスの葉巻工場を見学に行くんだから」

「おれ、マスターとゆっくり話をしたいんだ」

わたしはドン小西に鬼気迫るオスの匂いを感じた。深夜を過ぎるころドン小西は「ゴメン、熱がぶり返してきたようだ。ちょっと部屋に戻ってもう一発ボルタレンをぶち込んでくる」と言って出て行ったかと思うと、すぐ戻ってきて、またラムを美味そうに飲んだ。

「かつておれは二百人の従業員を抱えるファッションブランドの会社を経営してたんだが、約十年前、経営に失敗して二十億円の借金を背負った。それから芸能プロに世話になり、話術の格闘技ともいえるテレビ業界でいま生きている。もうちょっとで借金は返せる」とドン小西は告白し出した。

男は大病するか、監獄に入って臭いメシをくうか、倒産するか、この三つのうち一つを体験し、その地獄から生還すると大物になると言われている。まさにドン小西は大物であり怪物だった。その夜マスターは彼のパワーに圧倒された。それから親しくなり家も近いのでよくサロン・ド・シマジにくる。

今夜は平熱のドン小西がサロン・ド・シマジに一人でやってきた。マスターにはコイーバのシグロⅥを、自分にはパルタガス・セリーD No.4を持ってきた。マスターは2001年に再開したアイラ島のブルックラディのポート・シャーロット8年を出した。スモーキーなところがシガーによく合う。

還暦を過ぎた男と古希を過ぎた男は熱く静かに飲みはじめた。

「マスター、去年の暮れ八人いたガールフレンドをみんな切ってしまった。そしたらまた三人ばかり新しいガールフレンドができてしまった。おれって何なんだ……って反省している」

「ドン小西は生まれつきモテるんだ。でも人類でいちばんモテたカサノヴァが言っている。〝死ぬほど女たちを愛したが、いま一人の自由を愛している〟って」とマスターが言った。

「その気持ちわかるよな」

モテモテおやじのドン小西のこころのなかになぜか孤独の冷たい風が吹いている。それはどんな女でも止めることができないどうしようもない〝男の風〟なのである。

27

茂登山長市郎さんは日本の誇るべき美の怪物である

もうこの世には怪物は絶滅したとマスターは思っていた。が、『メンズプレシャス』のロングインタビューでサンモトヤマの会長、茂登山長市郎に会ってその考えは変わった。

天才的怪物商人の茂登山は、中国の戦地から三人の戦友の遺骨を抱えて復員してきた。二十四歳のときであった。有楽町の闇市からセレクトショップを興した。茂登山はとにかく美しいものが好きだった。だからボロ儲けできたペニシリンやサッカリンには手を出さず、アメリカ軍の将校からせしめた高級で美しいオーバー、ジャケット、セーター、ネクタイ、カメラ、ライター、万年筆を商った。たちまちセンスのよさが評判になり時の名士たちが顧客になった。

そのなかに日本の報道写真家の草分け、名取洋之助がいた。巨漢だが従順な茂登山を名取は可愛がった。名取は名家の息子として生まれ、戦前ドイツに遊学して上質なヨーロッパ文化を身につけていた。名取は茂登山が仕入れてくるアメリカン・グッズには見向きもしなかった。

「将校が持っているライカを仕入れてくれないか。あいつらは帰国すればいくらでも同じものが買えるんだから」

図星だった。茂登山は猟犬のようにライカを探し求めて二台買ってきて、名取を喜ばせた。名取は茂登山に本物の美意識を身につけさせるために、二カ月間、ヨーロッパを一緒に経巡《めぐ》ってくれた。いままでアメリカ文化しか知らなかった茂登山に、名取は子どもに教えるようにヨーロッパ文化を伝授した。名取と茂登山との間には生涯の美の師弟関係が生まれた。それから茂登山は年に二、三回、ヨーロッパへ美しい商品の買い出しの旅に出た。日本にはじめてエルメスやグッチを持ち込んだのは茂登山だった。エルメスとグッチを同じフロアで売っているショップは、世界中でサンモトヤマしかなかった。

時代が大きく変わり、ブランド自身がみずから日本に上陸してきて旗艦店を作るようになった。せっかく日本で人気ブランドにしてやったのに、茂登山の手からもぎ取られた。しかし、美の狩人は不滅だった。新しいブランド、ロロピアーナを発見してフランチャイズの権利を獲得した。さらにミャンマーの蓮で作る繊維まで開発した。

「気がついたら、運と縁と勘で九十歳になっていました」と茂登山は長いインタビューをそう言って締めくくった。

今宵の客人は、その茂登山長市郎さんである。

「マスターが葉巻好きだと聞いたので、むかし買ったチャーチルを一箱持ってきました」

「はあっ、嬉しいですね。そのころのチャーチルは色もダークで味もコクもちがいます。では感謝を込めて、ポート・エレンのファーストをいかがですか」

「この小さなジャグ（水差し）は美しいね。これはイギリスのアンティークものだね」

「百年以上前です。そのころのガラスはまだこんなに厚かったんです」

「こうして加水すると眠っているポート・エレンの精が一気に目を覚ましてきて美味しいね」

「茂登山さんは背が高いですね」

「いやいや二十代は179センチあったんですが、お客さまに頭を下げているうちに、4センチちぢんでしまいました」

「茂登山さんは九十歳になっても毎日、店頭に立つ現役です。写真でみるかぎり、若いときの茂登山さんはギラギラ脂ぎっていて野心満々です。いまのほうが上品で風格があり、いい顔をしています。わたしはいまの茂登山さんのほうが好きですね」

「九十年間、いろいろありました。一人前に直腸癌をやり、胆嚢も一個取りました。戦地では三回死に損ないました。歩哨に立っていて毒サソリに刺され行軍に行けず寝ていたら、二十三名の戦友が敵の中国軍に待ち伏せされて襲撃を受け全員戦死しました」

「戦争は不条理ですね。その亡くなられた二十三名の戦友たちに、いまは亡き蒸留所のポート・エレンで献杯いたしましょう。献杯」

「マスター、ありがとう」

28

原発エネルギーの知る悲しみは大罪である

葉巻の醍醐味を知った〝真の男〟は数々いるが、馳星周はそのなかでも名うてのシガーラバーである。馳がはじめてシガーを吸ったのは、ロスのホテルの土産店で偶然買った、カチンカチンに乾燥した葉巻もどきだったらしい。普通の男ならこれで諦めて深遠なシガーの世界には足を踏み入れることはない。ところがノベル・ノワールの鬼才は、ジャンキーなシガーを生まれてはじめて吸ったとき、美味く感じたという。ローマへの道はどこからでも通じる。

葉巻の女神が突然、馳を目覚めさせた。独学でハバナ・シガーの魔界に潜入した馳は葉巻を淫した。執筆を終えてシングルモルトをチビチビ飲みながら、ハバナを一服やる悦楽を身体が覚えた。高くつく〝知る悲しみ〟を知ってしまったのだ。男の趣味はいろいろあるが、形に残るものより消えるものに大金を投じるほうが上質である。シングルモルト、シガー、そして恋だ。いま馳星周は軽井沢に居を構えている。毎日、馳がくゆらすシガーは、新緑に燃える軽井沢の、冷たい澄んだ空気のなかに煙となって消えて行く。

以前、馳は自分自身の葉巻体験談を正直に書いて名著『リアル・シガー・ガイド』（集英社刊）を上梓した。そんな馳星周が軽井沢から久しぶりにサロン・ド・シマジにやってきた。

「マスターがいつもやっている、シガー通販サイト『シガーダイレクト』のテイスティング・レビューで100点をつけた、フローラル・デ・カノ・ショートロブストを一緒に吸おうと持参したんだ」

「すごいじゃないか。それに合うシングルモルトは、そうだな、ブルックラディのオクトモアがいいかな。5年ものだがアルコール度は62・5パーセントと強い。加水しないで葉巻を吸ったら燃え出すかもしれない。シングルオークカスクで百六十七本中の十四本目のものだ。ところで馳ちゃんは最近、原発づいているよね。単行本『光あれ』（文藝春秋刊）では原発マネーにどっぷり漬かった田舎町の青春物語を書いているし、『週刊プレイボーイ』の巻頭特集では浜岡原発の町のルポルタージュを書いていたね」

「マスターは原発推進派なの。それとも反原発派なの」

「馳ちゃんが書いているように、３・11までは原発のことなんて忘れていたというのが本音かな」

「一般的に、みんなそうだろうね。電力会社はＰＲに金を使っていたからな」

「福島原発の事故で一気に不安が募ったね」

「原発周辺に暮らしてる人々はいままでも漠然と不安を抱えながら、その不安に気づかないふりをして生きてきたんだろう。安全だという嘘に目をつぶりながら、原発に頼って生きていくしかなかった。そういう人々を『光あれ』で書きたかった」

「馳ちゃんは浜岡砂丘からみた浜岡原発の光景を『まるでカタストロフィが起こった後の人も他の生物も死に絶えた世界のようだ。世界が終わったような光景だ』と書いているけど、人類の最悪の悲劇は、創造の主である神がつくった最小の原子という単位をいじくり回して、エネルギーを取り出したときからはじまったんじゃないか」

「愚かにもパンドラの箱を開けてしまった」

「もう一つ言えることは、人間は原子力発電という便利な文明を知ってしまった。これは一種の〝知る悲しみ〟かもしれないね」

「マスターやおれみたいなシガーの〝知る悲しみ〟と比べたら、原発の〝知る悲しみ〟は大罪だね。マスターは電気がなくなったら困るのは何なの」

「そうだね。シングルモルトのために真夏の猛暑のころはエアコンを24度に設定して、二十四時間、不在でも点けっぱなしにしている」

「それも大罪だね……」

「それが点けっぱなしより、何回も点けたり消したりするほうが電力を使うんだ。始動時が特に消費するらしい」

「ホント?」

「実証済みだ」

29

我がバーが定める加水の掟はこの水が支えている

人生は出会いである。人との出会いはもちろん大事だが、物との出合いも運命的なものがある。ある日、曽根物産の坂本憲一郎はヒースロー空港のオイスター・バーでたまたま飲んだ軟水、スコットランド産のミネラルウォーター「スペイサイド・グレンリベット」に胴震いした。これは美味いと思った坂本はこの水をボトリングしている会社を訪問して、その足で水源まで訪ねた。まさしく水源は、シングルモルトの聖地、スペイサイドを流れるスペイ川の源流にあった。いまやさびれて十五軒の人家しかない小さな村である。名前をチャペルタウンという。英語を母国語とする人たちなら、チャペルタウンという言葉にはもう一つの意味があることを知っている。それは女郎屋のある町ということらしい。

教会と女郎屋が隣り合わせになっているなんて人間臭くていい。昨夜の淫らさを翌日、教会に行き懺悔して引き上げて行く旅人がいたにちがいない。女郎屋は廃れてすでに存在していなかったが、水は勢いよく源流の岩からほとばしっていた。それがリベット川を経てスペイ川に流れ出る。ちなみに、スコットランドは泥炭に覆われているため、川の水は下流になるにつれ茶色に染まるそうだ。

いま坂本は父親から家業を継いで、神戸で箱物の梱包屋を商う小さな会社を経営している。もとは慶應義塾大学の経済学部を卒業した三井物産のエリート貿易マン。大学時代はご多分に漏れず麻雀に明け暮れて、ろくに英語の勉強はしなかった。だから入社当時は英語に悩まされた。内線だから日本語だろうと思って受話器を取ると、いきなり海外支社から早口の英語が流れてくるような環境だった。悪戦苦闘の結果、一年もすると英語がだんだんわかるようになった。語学の難しさはヒアリングである。それでも必死になれば習得できるものらしい。だから外資系の採用者は、面接で英語の能力よりも、その人となりや別の才能を評価するそうだ。英語はあとでなんとでもなるからだろう。

三井物産時代に培われた英語力で、坂本は「スペイサイド・グレンリベット」のメーカーと代理店契約して日本で販売することを思い立った。しかし五年前にはじめて輸入した二千本が、結果、在庫の山になった。社員にタダで大量に配って飲んでもらったが、間に合わず破棄するはめになった。しかもプラスティックの容器ではなくガラス瓶である。砕いて破棄するのに一本あたり百円もかかった。大きな赤字を作ってしまい、社員にはやめたほうがいいと何度も進言された。それでも坂本の情熱は冷めなかった。必ず世のなかに受け入れられるときがくると信じて疑わなかった。

そんなこととは露知らずサロン・ド・シマジのマスターは、この「スペイサイド・グレンリベット」に出合い舌を巻いた。これだ。これこそシングルモルトのマザーウォーターだ。シングルモルトとの相性が抜群だ。たしか最初にその洗礼を受けたのは、近所のオーセンティックバー「パナセ」だったと記憶する。それから月に三ダースを定期的に買い求めている。

サロン・ド・シマジではシングルモルトをストレートでは飲ませない。三人の大切な常連が食道癌で亡くなってから、マスターはますます頑固になっている。少量加水するか、トワイス・アップにするか、シェイクして出すようにしている。この名水なしにサロン・ド・シマジはやっていけない。

今夜はその坂本憲一郎がわざわざ神戸からやってきた。

「マスターにいろんなところで書いていただいたお陰で今年やっと黒字になりました。

マスターは恩人です」

「そんな水くさいことを言わないでください。むしろこのマザーウォーターに感動して日本に輸入してくれた坂本さんの心意気にお礼を言わなければ、わたしは罰が当たる」

興奮したマスターは、ゴードン&マックファイル社がボトリングした「グレンリベット44年」を棚から迷わず取り出した。

30

物書きの醍醐味は知らない人がファンになってくれることだ

今宵バーに現れたのは歴とした刑事だった。ついに非合法の秘密のバー、サロン・ド・シマジが密告され刑事に踏み込まれたのか。件の刑事はなかなかのイケメンで偉丈夫だが、さすがに職業柄なのか目つきは鋭い。

マスターに言わせると、物書きの最高の醍醐味はまったく顔も氏素性も知らない人が何かの拍子に作品を読んでくれて、熱烈なファンになってくれることである。なかにはどうしても謦咳《けいがい》に接したいと、地方から上京してくる御仁がいる。以前、東日本大震災のあと、遺体を捜索した立派な自衛官が高価な葉巻を持参して、サロン・ド・

シマジにやってきたことがあった。

今夜は、とある地方の治安を守る四十代のイケメン刑事がどうしてもマスターに会いたくて、わざわざ休暇を取って私服でやってきたのである。マスターが書く森羅万象に多情多恨のエッセイに、いつも感動しているというから見上げた刑事である。

「マスター、お呼びいただき自分は至福であります。ここから東京タワーが手に取るようにみえるんですね」と、刑事はグレンドロナック１９７２の39年ものを美味しそうに啜った。

「貴官はスカイツリーをどう思うか」

「自分にはデザイン的に不格好にみえて仕方ありません。マスターはどうですか」

「わたしもエッフェル塔のような東京タワーのほうが断然好きだね。スカイツリーは高さばかりを誇っている。わたしも一生上ることはないだろう。よくみると貴官の右頬にアザのような傷跡があるが、暴漢とでも格闘したのか」

「よく気がついてくれました。これは先日の深夜のこと、警察署に酒乱の若いデブ女がガナリ立てながら乱入してきたんです。たまたま自分が一人で本署にいました。大暴れするのでなだめようと『まあまあ、静かにしてください』と彼女を押さえようとしたら、指がズブズブと肉にめり込んで行く感じがした瞬間、自分の体が宙を舞い床に投げつけられていました。そのとき床に右頬を打ったんです」

「警察官の夜勤も命がけだね」

「わたしは剣道四段ですが、柔道は初段です。恥ずかしながら、あっという間の出来事でした」

「そのデブ女は何者なんだ」

「警察署にはちゃんと酒乱者リストがありまして、署によって〝紳士淑女録〟とか〝動物園〟とか隠語で呼ばれています。早速、顔写真を探し出してデブ女の家に電話を入れたら、亭主らしき男が出て言うんです。『すみません。すぐ引き取りに伺います』。まもなく夫がやってきました。『刑事さん、大丈夫でしたか。男でもうちのカカアに勝つ奴はみたことない。わたしなどはしょっちゅう一本背負いで投げ飛ばされています』。僕が『君の奥さんは一体何者なんだ』と訊くと、『刑事さん、この顔に見覚えありませんか。うちのカカアはそこそこの女子プロレスラーだったんです』って答えたんです」

「女子プロレスラーか。それは強いはずだ」

「マスター、そんな話より2011年末にお亡くなりになられた内藤陳さんが新宿ゴールデン街のバー『深夜プラスワン』でよくやっていた〝神さまごっこ〟をやらせてください。ちょうどいい気分に酔ってきました」

「コメディアンにして名書評家であった内藤陳さんだな。ちょっと恥ずかしいが、内藤さんを偲んでやってみよう」

「マスター、お願いします」

「おれは誰だ!?」

「神です！」

「おれは誰だ!?」

「神です！　だから神さま、自分をアマデュウス君と呼んでください」

「なるほど。神に仕えし者か。それにしてもアマデュウス君、このゲームはアマデュウス君が三、四人いないとまったく盛り上がらないな……。ところで君は、こんなところで遊んでいていいのかね？」

「いいんです。オウム真理教元信者の高橋克也容疑者が捕まったおかげで、休暇が取れましたから」

31

ラフロイグの愛すべき秘密を知っているか

幸運にもぼくはスコットランドのアイラ島で生まれた。名前をラフロイグという。世界中の多くの人から愛されているが、嫌いな人もかなり多い。今夜はぼくの先祖の物語を語ってみたい。

ラフロイグはいまから約二百年前、ジョンストン兄弟によって創業された。1815年のことである。そのころはスコットランド中が密造酒の全盛期だった。ジョンストン兄弟も密造したウイスキーを嵐のなか、小舟で運んだという逸話が残されている。1836年、兄のドナルドが弟から所有権を買い取り献身的に働いたが、1847年に発酵樽に誤って転落し、その二日後に息を引き取った。

その後、近隣のラガブーリン蒸留所との水源争い、職人の引き抜き、土地買収などの争いが絶えなかった。その争いで両者とも疲弊したが、1921年、まさにラフロイグの中興の祖と言われているオーナー兼蒸留所長にイアン・ハンターが就任した。現在ラフロイグの特徴の一つになっているバーボン樽の導入を決めたのは彼だった。

我が家のモットーは「愛せよ、さもなくば憎めよ」である。ぼくはヨードチンキのような臭いが売り物なのだ。マスターとも似ているが、好き嫌いがはっきり分かれるのだ。この特色を活かしてアメリカの禁酒法時代、薬品として堂々とドラッグストアで売られていたことはあまり知られていない。薬品のような臭いを活かした、イアン・ハンターの見事な戦略であった。

そのころエジンバラから美しい女性がアイラ島に観光旅行でやってきた。名前をベッシー・ウィリアムソンといった。彼女はグラスゴー大学の薬学科を卒業した才媛だった。二十四歳のベッシーはアイラ島にあるポート・エレンのテンペランス・ホテルに滞在していた。テンペランスとは〝禁酒主義〟という意味である。事実、彼女は酒をそれほど好まなかったようだ。

ちょうどそのころイアン・ハンターは口述筆記の秘書を探していた。ベッシーはラフロイグの風景が気に入り、応募に申し込んで採用された。頑固な所長だったイアン・ハンターはマネージャーのクビを一年半に一度は切っていたのだが、後年、薬剤師のベッシーを蒸留技術者にまでした。さらに驚くべきことにイアンが死ぬとき、ラフロイグのすべての権利をベッシーに遺言で譲った。イアンには子どもがいなかったことが大きな要因だが、二十歳近く歳の離れた二人の間に恋情の炎が燃えたのかもしれない、とぼくは疑っている。だが、二人は小さな島のなかでその秘密を墓場まで持って行った。そういう秘密はときに腐臭を放ちバレることが多いのだが、いまもって二人の美しい秘密は謎として保たれている。

ついにスコッチウイスキー業界で初の女性オーナーになったベッシーは〝ラフロイグのファーストレディ〟として君臨した。ラフロイグをより薬っぽくつくりあげたのは彼女の功績である。ベッシーは生涯独身を通し1982年に七十一歳で亡くなったが、彼女の亡骸はいまもアイラ島に眠っている。

1994年はぼくにとって記念すべき年である。以前から愛飲していたチャールズ皇太子がぼくをロイヤルワラントに選んでくれたのだ。数多あるシングルモルトのなかでぼくだけが王室御用達の称号をもらったのである。チャールズはとくにラフロイグ15年が好きなのだ。そして、自分が授けたロイヤルワラントの証である王室の紋章を眺めながら飲むのは恥ずかしいので、いつも飲む15年ものからは紋章をはずしてくれと言った。だからラフロイグ15年のラベルには紋章が入っていない。

同じ年、「フレンズ・オブ・ラフロイグ・クラブ」が結成された。メンバーになると一フィート四方のぼくんちの土地が生涯リースされる。いま世界中に四十五万人のメンバーがいて、四隅に日本国旗を立てている日本人がいたり、死んだらここに分骨して埋めてくれと遺言を残す人があとを絶たない。これがぼくの誇りであり、輝ける先祖の栄光である。これからもぼくを噛みしめるように飲んでください。

32

コーヒーハンター川島良彰は強運の男である

日暮れとともにコーヒー色に日焼けしたイケメンがサロン・ド・シマジにヌッと入ってきた。川島良彰は一年の約三分の一にもおよぶ期間、最高のコーヒーを求めて世界中を駆け巡っている。人呼んで〝コーヒーハンター〟という。川島は燃えるような情熱と不屈のチャレンジ精神の持ち主だが、それより何よりも強運の人である。いままでの人生を振り返ってみるにつけ、強運ではマスターも負けてはいないが、川島良彰の体験談を聞いて兜を脱いだ。

彼は静岡市の焙煎業を営むコーヒー店に生まれた。コーヒーの豆は焙煎すると香ば

pen BOOKS 『Pen』で好評を博した特集が書籍になりました。 ［ペン編集部 編］

美の起源、古代ギリシャ・ローマ ●本体1900円／ISBN978-4-484-14225-8

ロシア・東欧デザイン ●本体1700円／ISBN978-4-484-13226-6

イスラムとは何か。 ●本体1600円／ISBN978-4-484-13204-4

ユダヤとは何か。聖地エルサレムへ 市川裕 監修 ●本体1600円／ISBN978-4-484-12238-0

キリスト教とは何か。I 4刷 池上英洋 監修 ●本体1800円／ISBN978-4-484-11232-9

キリスト教とは何か。II 3刷 ●本体1800円／ISBN978-4-484-11233-6

神社とは何か？ お寺とは何か？ 9刷 武光誠 監修 ●本体1500円／ISBN978-4-484-09231-7

神社とは何か？ お寺とは何か？ 2 ●本体1500円／ISBN978-4-484-12210-6

ルネサンスとは何か。 池上英洋 監修 ●本体1800円／ISBN978-4-484-12231-1

やっぱり好きだ！ 草間彌生。 3刷 ●本体1800円／ISBN978-4-484-11220-6

恐竜の世界へ。ここまでわかった！ 恐竜研究の最前線 2刷 真鍋真 監修 ●本体1600円／ISBN978-4-484-11217-6

印象派。絵画を変えた革命家たち ●本体1600円／ISBN978-4-484-10228-3

1冊まるごと佐藤可士和。[2000-2010] ●本体1700円／ISBN978-4-484-10215-3

広告のデザイン ●本体1500円／ISBN978-4-484-10209-2

江戸デザイン学。 2刷 ●本体1500円／ISBN978-4-484-10203-0

もっと知りたい戦国武将。 ●本体1500円／ISBN978-4-484-10202-3

美しい絵本。 3刷 ●本体1500円／ISBN978-4-484-09233-1

千利休の功罪。 3刷 木村宗慎 監修 ●本体1500円／ISBN978-4-484-09217-1

茶の湯デザイン 6刷 木村宗慎 監修 ●本体1800円／ISBN978-4-484-09216-4

ルーヴル美術館へ。 ●本体1600円／ISBN978-4-484-09214-0

パリ美術館マップ ●本体1600円／ISBN978-4-484-09215-7

ダ・ヴィンチ全作品・全解剖。 4刷 池上英洋 監修 ●本体1500円／ISBN978-4-484-09212-6

しくなるのだが、麻袋に入った生のコーヒー豆はまだ青臭く、あまりいい香りを放たない。川島は家の倉庫にうずたかく積まれたコーヒーの麻袋の間で遊んで子ども時代を過ごした。小学六年生のとき川島少年は「将来、コーヒー農園で働きたい」という熱烈な思いの丈を綴ったラブレターを在日ブラジル大使館に送った。当然のことであるが、ブラジル大使館からは「カワシマくん、大人になったらまた相談に乗りましょう」という返事がきた。

そんなことでコーヒーに対する熱情が冷める川島少年ではなかった。子どものころにコーヒーの麻袋から川島の体に自然と宿ったコーヒーの女神が、彼が静岡聖光学院高等学校を卒業すると、中米はエルサルバドルのホセ・シメオン・カニャス大学に留学させてくれた。まさに運命は呼んでいたのである。川島がエルサルバドルの大学を選んだのには密かな魂胆があった。エルサルバドルには世界最強の国立コーヒー研究所があったのだ。

さっそく川島は夢にまでみた国立コーヒー研究所を訪ねて入所の許可を求めた。が、門前払いを食らう。しかし、そんなことでめげる男ではなかった。それから毎日、国立コーヒー研究所を訪ね、一カ月間座り込みをしたのである。結果、国立コーヒー研究所の固い門は開かれて、所長にマンツーマンでコーヒーづくりをたたき込まれた。それが親にバレて日本からの送金が一時ストップしたが、強運な川島はコーヒーに対する情熱が認められて、晴れてエルサルバドル国立コーヒー研究所の研究員になれた。

そのころ、突然、エルサルバドルに革命が勃興した。日本にいるときから世話になった大使も革命の犠牲者になった。道ばたの銃撃戦に巻き込まれ川島は九死に一生を得たことがあった。まわりの六人の警官は通りすがりのゲリラが撃ったマシンガンの弾丸で全員即死した。川島は地べたに這いつくばった。耳元でマシンガンの弾が飛んでくるのを感じながら、生きていることを不思議に思った。生まれもった強運が川島の命を守ったのだろう。

川島は這う這うの体で革命のなかを脱出してロスに行った。タコスの店で働いていたとき、UCCの上島社長にうちにこないかと引き抜かれた。それからジャマイカ、アフリカ、インドネシア、ハワイなどに駐在してコーヒー農園の指導に当たった。UCCの二代目社長に「出世させるから帰ってこい」と言われ帰国したが、川島は小学六年生のときの「コーヒー農園で働きたい」という夢を忘れがたく、辞職してフリーの〝コーヒーハンター〟になった。「おれにはスーツに身を包む組織人間は合わない」と実感したのである。

じつはマスターは、いままでコーヒーを美味いと思ったことは一度もなかった。だが、川島が、六本木にある自身のコーヒー豆を扱う店「ミ・カフェート」で淹れてくれたブルーマウンテンを飲んだとき、その味に身をよじったのである。これなら毎日飲みたい。

川島は、父親が亡くなる前に、大好きだったコロンビアの本物のコーヒーを淹れてあげられたことが、唯一の親孝行だったと自嘲する。

「ぼくは日本のコーヒー界に革命を起こしたい。コーヒーはワインと一緒で農作物なのです。畑から大事にしないと本物のコーヒーはつくれません」

「納得です。今夜のシングルモルトは40年もののベンリアックにしましょうか。シングルモルトも立派な農作物なのです」

33 カワイイ酒乱は人生の最強の武器になる

マスターは酒乱に対してなぜか寛容なのである。若いとき上司に誘われて新宿の小さなカウンターバーの入り口近くで飲んでいたら、突然、上司が酔い潰れ、床に横たわって絶叫し出した。

「てめえら、もしおれを跨いで行ったら、金玉、食いちぎるぞ!」

それに奥の席に陣取っていた紳士淑女は震え上がった。妙齢な美女が小さい声で心配そうに言った。

「どうしようかしら。食いちぎられるモノを持ち合わせていないのですが」

若かったマスターは咄嗟《とっさ》に動いた。

「ご心配なく。うちの上司はただの口だけです。ほら、この通り」と何度もわめき散らしている上司の体の上を往復してみせた。上司は名文家だったのでマスターは好きだった。難点は、小兵にもかかわらず酔うと酒の力を借りて相手構わず喧嘩を売ることだった。

「歴戦成績は十二戦十一敗一引き分けだ。引き分けた相手は女だった」と、その上司は言った。

後輩にも素敵な酒乱がいた。酔っぱらうと、ところ構わずズボンを脱いでチンチンをさらけ出し、よせばいいのにライターでチン毛に火をつける酒乱だった。こいつは酔ってくると自慢の一物を開陳したくなるらしい。でもマスターはこいつが大好きなのだ。親しい奴ばかりのミニクラブで、この酒乱の後輩は、よく西城秀樹の「ローラ」をカラオケで熱唱しながら素っ裸で踊りまくった。マスターは、〝こいつのパフォーマンスはアートだ〟と感服したものだ。何人もの有名な作家たちにこのアートを鑑賞してもらい仕事をゲットした。

だが、こいつは酒豪なのである。「ローラの裸踊り」まで酔わせるには相当の酒量が必要だった。そこでマスターはこの愛すべき酒乱アーティストのために、いつもシングルモルトのカスクストレングス（65度級）を用意したものだ。それに少し加水しただけのものを六杯くらい飲ませると、酒乱のアーティストはベルトに手をかけ、大声で叫ぶのだった。

「ママ、ヒデキのローラをかけてくれるぅ？」

カスクストレングスを人類ではじめて考案したのは、グレンファークラスの蒸留所である。1968年のクリスマスに、家族や友人向けにボトリングしたものだった。それからどこの蒸留所も驥尾《きび》に付してつくり出した。いまサロン・ド・シマジに、このほど閉鎖されたばかりの軽井沢蒸留所の、最後のカスクストレングスがある。意味ありげに見事な虎の絵がラベルに描かれている。度数が高く69・3度だ。ボトルをしげしげと眺めながら、マスターはほくそ笑んだ。そうだ、久しぶりに大トラの「ローラ」の熱唱をみたくなってきた。このボトルなら、アイツは三杯で踊り出すかもしれない。しかし待てよ。それにはサロン・ド・シマジはあまりにも狭すぎる。

女の酒乱もマスターは何人も知っている。二十代のころ、六本木の小さなバーのママは酔ってくると酒乱になり、自慢の巨乳を気前よくさらけ出して触らせてくれたものだ。マスターはよく寂しくなると巨乳を求めて深夜、タクシーを飛ばして編集部から駆けつけた。まだカスクストレングスがこの世に存在していなかった時代の話である。

人生は恐ろしい冗談みたいなものである。これは知人の商社マンの目撃談なのだが、香港の大きなカウンターバーで巨漢の酒乱がわめいていた。両隣には怖くて誰も座れなかった。そこへひょっこり八十歳近い老人が入ってきた。席が混んでいたので、その老人は巨漢の酒乱の隣に座った。

「ジジイ、おまえは目障りな奴だ。表に出ろ！　ひねり潰してやる！」

老人は巨漢のあとをとぼとぼと付いて行った。五分もしないうちに巨漢がバーに戻ってきた。その男の顔をみて店の客たちは言葉を失った。巨漢の両方の目玉が頬にだらりと垂れ下がっていたのである。老人はそのあと姿を現さなかったが、古武道の達人だったのだろうと噂が立った。カワイイ酒乱は人生の武器になるが、そうでないと命を落とすこともある。

34

サロン・ド・シマジが新宿伊勢丹にオープンした

読者諸君、2012年の9月12日、広尾にあるサロン・ド・シマジの別館が伊勢丹新宿店メンズ館の八階に完成し、セレクトショップとしてオープンしたことはご存じだろうか。これは決して物語ではない、ホントの話である。マスターはいま、この栄誉に「人生最後にして最高の真夏日がやってきた」と胸を張って大忙しである。ありがたいことに、はるばる地方からも、マスターが作ったスパイシー・ハイボールを一杯飲もうと、たくさんの男女が押し寄せてくる。

シマジ流のスパイシー・ハイボールは、まずタリスカー10年を大きな氷のぶっかけが入ったグラスにシングルよりちょっと少なめに注いで、その上からサントリー・ザ・プレミアムソーダ・フロム・ヤマザキで静かに割る。決してその辺のバーのようにステアなどしない。あれは邪道だ。シングルモルトのほうが比重が軽いから、自然にモルトがソーダの上にあがってくるのを待てばいい。ステアするのはピガールの娼婦たちの受け売りである。彼女たちがステアしてシャンパンのガスを抜くのは、お客さまをお腹の上に乗せたとき、ゲップが出るのを避けるためである。ヨーロッパではオナラよりゲップのほうが下品なのだ。

サロン・ド・シマジでは、さらにブラックペッパーを、タリスカー専用のプッシュ式ブラックペッパーミル（サロン・ド・シマジとタリスカーのダブルネーム）を使い、上から三回プッシュする。ソーダ割りのシングルモルトで細かくなったブラックペッパーが口や喉の粘膜に運ばれると、心地よく食欲が増してくる。

ここにはシガーバーも併設している。上質なシガーも販売中だ。シガーは男の香水である。ほかのシガーバーと一線を画すために、ここではシガレット禁止だ。マスターはシガレットの臭いを蛇蝎《だかつ》のごとく嫌っている。サロン・ド・シマジでは酒はシングルモルトしか売っていない。飲み方はトワイス・アップである。お客を食道癌にしたくないのでストレートは厳禁だ。マスターがセレクトし、勝手にオフィシャル・グラスに認定したドイツ・ショット ツヴィーゼル社のグラスも凝っている。不思議と斜めに傾いているため、飲む前から酔ったのかと錯覚する。

また、いささか恥ずかしいが、マスターの言葉を記したコースターもみてほしい。格言などとおだてられてまとめた、いわゆる〝シマジ語録〟が一言ずつ印字されている。うれしいことに、開店以来、飲んだお客が記念にと、ニンマリしながら持って帰ってくれる。それに気付いたマスターは、十二枚セットで売り出せばきっと儲かるとニンマリしている。「バーカウンターは人生の勉強机である」「男と女は誤解して愛し合い、理解して別れる」「女房の目には英雄なし」「なによりも尊いものは友情である」「無知と退屈は大罪である」「美しいモノをみつけたら迷わず買え」等々がコースターになっている。

シガーバーに隣接したセレクトショップには、マスターが選んだフランスのブランド、アルニスのコート「森の番人」、ケンジイケダのクロコダイルの財布、ボリオリのジャケット、ハイドロゲンのシャツ、PT01のパンツ、増田精一郎のハンドメイドウォッチ等々、男なら随喜の涙を流すモノが揃っている。オープンして驚いたことは、ダンディズムを追求する男性客ばかりではなく若い女性客が多いことだ。父親や恋人へのプレゼントとして買うのだろう。「これをパパに買ってあげたい――」と、娘心が激しく動くらしい。父親と娘は尊厳なる恋人同士なのである。

それにしても気になることがある。このPenの連載の担当編集者であるトシキがいまだ姿を現さないことだ。とっくに約束の時刻が過ぎているではないか。マスターの書斎も、オープンとともにこの別館へ移動したのだが……。アイツ、もしかしたら、合い鍵片手に広尾のサロン・ド・シマジに向かったのかもしれない。あそこはすでにもぬけの殻だというのに。困った奴だが、そこがなおさらカワイイではないか。

サロン・ド・シマジが新宿伊勢丹にオープンした

35

冴えたジョークは人生における立派な教養である

近年の日本人の〝ジョーク力〟はいかほどなのか。マスターは、ジョークは立派な教養だと思っている。素敵な冗談の一つも言えなければ、笑いに満ちた人生は送れないのだ。Ｐｅｎの担当編集者トシキはどうか。ちょうど人生の真夏日を迎えている年齢だ。たとえば、いま飲んでいる「グレンスコシア」をお題に冗談を要求したらどうなるだろうか。奇声を上げるだけの一発ギャグで終わるかもしれない。あるいは、低俗なオヤジみたいに「スコシア（少しは）飲ませろ」などと返答に値しない冗談を言い放つのだろうか……。

そんなマスターのこころの身震いを読んだのか、酔ったトシキが挑発するように聞いてきた。

「マスターは開高健との共著『水の上を歩く?』を上梓しているんですから、ジョークの名手ですよね?」

「そのとおりだ。今回のエッセイの載ったPenは靴の特集号だから、一つ靴のジョークを披露してやろう。

自分の顔が映るくらいピカピカの革靴を買ったアントニオは、まるで魔法の革靴を履いたように女にモテた。今夜はローザを誘って深夜のドライブに出かけた。Hな気持ちになった彼はローザに全裸になるように要求した。彼女は『いいわよ』と助手席で全裸になり、男の股間を弄りだした。アントニオは天にも昇る心地になり運転をミスってしまい、クルマを道ばたの大きな木にぶつけて大破させた。ローザは全裸で投げ出されたが、たまたまそこは芝生だったのでケガはなかった。アントニオは無事だったが、運転席が潰れて出られなくなった。

ちょっと先をみたら深夜営業のガソリンスタンドがあった。彼はローザに助けを呼びに行ってくれと頼んだ。ところがローザの服はひしゃげたクルマのなかだから取り出せない。アントニオはピカピカの革靴の片方だけをかろうじて脱ぐことができた。これで大事なところを隠して行ってくれと懇願した。

ローザはアントニオのために革靴で股間を隠しながらガソリンスタンドに走った。

『スミマセン、彼が出てこれなくなっちゃったんです』と恥ずかしそうに彼女は言った。すると店員のオッサンは驚きながら、彼女の股間のピカピカの革靴をみて言った。

『そこまで入っちゃったら、おれには無理だな……』」

「マスター、うまい！」

「じゃあ、もう一つ行こう。

海で遭難した男が無人島に打ち上げられ十年が経った。ある日、彼は水平線の向こうに小さな点をみつけた。

『まさか船ではないだろう』

その物体はもっと近づいてきた。

『まさか救命イカダではないだろう』

とうとう救命イカダが波打ち際までやってきた。乗っていたのはウェットスーツを着たフルボディの金髪美女だった。そして彼女は男に問いかけた。

『あなた、この島で何年タバコを吸っていないの？』

『十年だよ』と男。彼女はウェットスーツのポケットからタバコを取り出して渡した。

男はタバコを深々と吸い込み、恍惚の表情を浮かべた。

次に彼女は、『シングルモルトを飲まないで何年経つの？』と問いかけた。

『十年だよ』と男。すると美女は別のポケットからスキットルを取り出して彼に渡した。男はグビリとモルトを飲んでから『美味い！』と叫んだ。

今度はウェットスーツのジッパーに手をかけ、妖艶な笑みを浮かべて問いかけた。『男の本当の愉しみを忘れて何年になるの？』男は歓喜の表情を浮かべて叫んだ。『まさか――、そこにゴルフクラブを入れてきたのか？』」

「ハッハッハ！　洒落ています。でも、そろそろネタ切れですね」

「何を言うか。朝までだって続けられるぞ。じゃあ最後に夜っぽいネタを。

女がゆきずりの男と一夜を明かすことになった。コトが終わったあと、女は男をバカにする口調で言った。

『あなたのセックスはお粗末だわ』

男は憤慨して言った。

『なんだと！　20秒でおれのことがわかるわけないだろう』」

36

最強の交渉人 高橋治之がバナナとユートを日本に広めた

今夜は日本のサッカーをメジャーにした立て役者、高橋治之の話を聞こう。彼はマスターの二歳年下の親友である。

当時、アメリカのニューヨーク・コスモスに所属していたサッカーの王様、ペレの引退試合を日本でやってくれないかという話（釜本邦茂の代表引退試合も兼ねていた）が、電通スポーツ事業部の高橋治之のところにきたのは1976年のことだった。そのころ、日本のサッカーはまだマイナースポーツで、日本リーグの試合でさえ、せいぜい観客が千人入る程度のサッカー後進国であった。三十二歳の若さで総合プロデューサーに就任した高橋は、才気煥発、行動力のある大器の人であった。

高橋は、試合に子どもたちを動員すべく、このイベントの話をサントリーに持ち込んだ。当時サントリーはオレンジジュース「サントリーポップ」を発売していた。商品のキャップを集めて送ると抽選で国立競技場のペレの引退試合のチケットが送られてくる、というアイデアをひらめき実行した。結果、キャップを奪い合う〝事件〟が小中学生の間で巻き起こった。そんなわけで、ペレと釜本のさよなら試合の国立競技場は超満員にあふれた。現在では五万五千人で超満員とされるが、当時は消防法もゆるく、観客を通路にも座らせ七万二千人を収容したという。

高橋は、事前にテレビでペレ伝説の映像を流し、ペレの必殺技〝バナナシュート〟を日本中に浸透させた。日本の若いサッカーファンたちは生まれてはじめてペレの幻の〝バナナシュート〟を肉眼で目撃し感動した。以来、ペレと釜本のさよなら試合は、伝説として語り継がれることになったのである。

1976年の成功を受け、今度はFIFA（国際サッカー連盟）から、ワールドユース（U－20ワールドカップの旧名）を東京で開催したいとの打診があった。高橋治之、ご指名である。まだマイナーだったサッカーに高橋は賭けた。しかし、条件は厳しくマイナー国同士の試合もすべて放送しなければならなかった。そこでNHKと組んでNHK教育テレビをフルに使った。企業広告は国立競技場に看板を張り出すことで納得してもらった。はじめ国立競技場は公園のなかだという理由から各企業の広告看板の掲示を拒否したが、高橋が提出したヨーロッパ各国の実例を写真でみてやっと理解した。

アルゼンチンの新進気鋭の選手、マラドーナの華麗なプレイにサッカーファンたちは酔いしれた。このとき、観客席には『週刊少年ジャンプ』の若い編集者、鈴木晴彦の姿があった。そして鈴木は『キャプテン翼』の連載を思いついた。1982年からはじまったこの連載で、ますますサッカーブームに火が点き、多くの天才的サッカー選手を誕生させる力となった。

また、高橋はFIFAのブラッター会長と出会う。この運命的な出会いによって、日韓共同開催となった2002年ワールドカップに繋がったのだ。高橋は電通の専務まで登り詰め六十五歳で引退し、現在はコモンズという自身の会社を経営している。集英社の鈴木は、今年から『週刊少年ジャンプ』の担当役員として活躍中である。

「いまから集英社の鈴木が駆けつけるがいいだろう?」とマスター。

「『キャプテン翼』の鈴木さんか。久しぶりだね」と高橋。

「高橋さん、お久しぶりです。東京に2020年のオリンピックを持ってこられるハードネゴシエーターは日本で高橋さんしかいないでしょう。是非、国威発揚のために一肌脱いでください。来年9月に東京開催が決まれば、日本人の気持ちもいままで以上に明るくなり、経済も大きく動きます」

「高橋にはＦＩＦＡのブラッター会長や、国際陸連のラミン・ディアックとの太いパイプもあるじゃないか」

「う－ん……、とにかく何か飲ませてくれ。それからじっくり考えよう」

「じゃあ、ペレの話が持ち込まれた１９７６年に蒸留された、ベンリアックはどうだ。当時を思い出して、何か名案が浮かぶだろう」

37 わたしにとって何よりも大切なのは出会いである

自慢じゃないがマスターは置き忘れの天才である。まだロシアがソビエト連邦だったころ、モスクワのホテルの冷蔵庫のなかに高価なキャビアの特大の缶詰を忘れたことがあった。飛行機のなかでキャビアのサービスを受けたときにはじめて記憶が蘇り、地団駄踏んだことがあった。

そして、いまから三十年くらい前のことである。すっかり酩酊したマスターは、ミッケのパイプを咥えながら銀座から広尾までタクシーで帰ってきた。ミッケとは、デンマークの天才的パイプ作家、ヨーン・ミッケがつくった名品である。金を払おうとしたときミッケを座席の右側にひょいっと置いた。下車してハッと気がついたのだが、後の祭りだった。冷酷にもタクシーはすでに遠く走り去っていた。まだ領収書もなかった時代の話である。

三十四、五歳のころ、天才アラーキーとアメリカ大陸の娼館巡りの取材を終えて、意気揚々とブラジルからロスに帰ってきたときのことだった。沢山の娼婦に生気を抜かれたのが原因なのか、飛行場からのタクシーのなかに高価なバッグを置き忘れた。もちろん、そのバッグにはパスポートも入っていた。現地の領事館でパスポート再発行のための証明写真をアラーキーに撮ってもらったことがあった。あの天才に証明写真を撮らせたのはマスターぐらいではないか。

大事なものほどよく忘れるのである。つい先日も、マスターの故郷、岩手県一関で、「教育のこれから」という講演を行うことになり、会場でマスターの著作にサインして落款を押す予定だった。この落款は、親友の立石敏雄が新宿伊勢丹メンズ館にサロン・ド・シマジがオープンしたのを記念して彫ってくれたものである。「一滴」と書いて、「人たらし」と読ませる。素敵なレトリックではないか。マスターは、この落款を早く押したくてたまらなかった。だから、これは忘れるわけにはいかないと、前夜のうちにテーブルの中心に目立つように置いておいた。が、今度は普段あり得ないところに置きすぎたことで、やはり忘れた。

マスターは忘れ物の天才なので、忘れたことも、すぐに忘れる天才である。だが、広尾のサロン・ド・シマジで、命の次に大事な手帳を紛失したことに気付いたときは、これまでになく周章狼狽し、到底忘れることなどできなかった。グリーンのスマイソンの手帳には向こう三カ月くらいのスケジュールがびっしり書き込まれていた。手帳は、その人との素晴らしき時間を管理する大切な秘書なのである。

ちょうどそのとき、日経ＢＰのミツハシと『乗り移り人生相談』の取材をしながら、ロンドンのボトラーズが発売した「ポート・アスケイグ19年」を飲んでいた。ポート・アスケイグとは、アイラ島にある港の名前だが、蒸留所の名前は明かされていない。いわゆる飲み手に利き酒を愉しませるユニークなボトルである。が、このときばかりは、ボトルの問いにも、相談者の相談にも付き合っている場合ではなかった。問いたいのはマスターのほうだ。可愛い秘書よ、いったいおまえはどこに隠れているのだ！

だが、マスターは強運の男である。ミツハシが帰ったあとマスターはバーのドアを閉めた。ドアの裏には壁にくり抜いた小さな棚があり、１９７９年記念ボトルのボウモアの空き瓶が飾ってある。なんと、その横に秘書がすました顔でいるではないか。これまでは、ずいぶんタクシーに持ち去られていたが、幸いこのときの事件は我がサロン・ド・シマジ内で起こっていた。

しかし、どうしてあんなに周章狼狽したのか。手帳がなくなったら大切な人間関係に不義理をしてしまう。その恐怖には、何より耐えられなかった。人との出会いは、キャビアやミッケよりも大切なものである。

胸を撫で下ろしたマスターはポート・アスケイグ19年をグビリとやった。ポート・アスケイグの近くにはカリラ蒸留所がある。おそらくこれは——、カリラだろう。

38 いい本を読めば人生は捨てたものではないとわかる

先日、故郷の岩手県にある一関文化センターでマスターの講演会が行われた。平日の午後1時半からだというのに、約二百名の聴衆が集まった。題して「人生において大切なことは、教育である」。このタイトルをサロン・ド・シマジで事前にみた担当編集者のトシキが驚いた。

「マスター、これは、『人生において大切なことは、〝性教育〟である』の間違いじゃないですか。心配です。ぼくも一関に行っていいですか」

マスターは二百人の聴衆の前で、静かに語りはじめた。

「現代の若者より江戸時代の若者のほうが百倍勉強していたと思います。当時、藩校や寺子屋で読み書きそろばんを習ったのです。とくに漢籍は四書五経を学んだ。日本語の原点は漢籍にある。その顕著なる例は、ここ一関出身の大槻文彦が編んだ『言海』です。一関はむかしから学問の街でした。この『言海』こそ、わたしは日本の国を列強の国の植民地化から守ったと確信しています。英国に『オックスフォード英語辞典』があり、アメリカに『メリアム・ウェブスター辞典』があるように、第一級の国には立派な国語の辞書が存在するのです。『言海』は日本を植民地化から救ったのです。アジアの国々がほぼすべて植民地になったのに日本だけがならなかったのは、『言海』の存在とその時代の人々の教育水準、そして教養が高かったからでしょう。

いまはクイズみたいな暗記教育ばかりに熱心で、あれでは本物の教養は身につきません。どうすればいいか。それは読書です。本を愉しむことを知った人は、数十年後に必ず教養豊かな人間になるものです。こうしてわたしがみなさまの前でお話ししているのは、わたしが若いときから乱読した結果、ささやかな教養があると主催者から認められたからでしょう。わたしは小学生のころから、児童書なんて子どもっぽくて読む気になれませんでした。小学生のころ、わたしが耽読した本は大人の『アルセーヌ・ルパン全集』でした。中学生になるころには、延原謙訳の『シャーロック・ホームズ全集』でした。これは名訳でいまでも読むことがあります。高校に入ってからむさぼるように読んだのは『サマセット・モーム全集』です。これは図書館にあったのを読んだのではなく、本屋でみつけ一冊ずつ買って愛読したのです。勉強そっちのけで興奮しながら丁寧に全巻読破しました。

大学生になってからは、世界文学全集、日本文学全集を読破したのは、言うまでもありません。貸本屋で柴田錬三郎シリーズをすべて読んでいたから、編集者になって運よく柴田先生の担当になったときは、この世に神さまはいるんだと確信しました。本物のインテリは唯物史観だけではなく、唯心論まで知り尽くさないといけません。だからわたしは寂しくなると、シバレン先生、今東光大僧正、開高健さんの墓参りによく行きます。そして三賢人は生きているがごとく、大きな声で話しかけるのです。これは大僧正に教わったことですが、それを〝いますがごとく〟と言うのです。シバレン先生には、この世でいちばん面白い本『モンテ・クリスト伯』を教わり三回も読みました。名著は何度も読むことです。大僧正には『十八史略』の面白さを、開高さんにはアンリ・トロワイヤの『大帝ピョートル』の痛快さを教わりました。〝万巻の書〟という言葉がありますが、わたしは千冊以上は優に読んだでしょう。

いま英語教育が盛んですが、それよりも小学生から漢籍を教えたほうが、将来の日本のために役に立つと思います。なぜなら、その国の言葉こそが国力なのです。いま書かれている日本語を夏目漱石が読んだら、きっと泣くことでしょう。日本語は日に日にやせ細っています。いまからでも遅くありません。小学生のころからいい本を読む愉しさを教えてあげてください。そうすれば、人生は捨てたものではないことを知ることでしょう」

「マスター、いつもの性教育以上に勉強になりました」と講演後トシキは胸を撫で下ろした。

39

万事を知らない大人はまだ子どもである

足澤公彦は、わたしの人脈のなかでは並外れの巨漢である。この間〝企業秘密〟を教えてくれるように、小さな可愛い声で巨漢が告白してくれたところによれば、164キロあるそうだ。でも足澤はわたしの人脈のなかで、いちばん繊細なこころを持った男である。人はみかけから判断してはいけない見本のような男である。彼の本業はテレビ番組の企画プロデュースで、アイデアマンなのだ。開高健の『オーパ！』（集英社刊）にヒントを得てテレビでやった『開高健のサントリー・アドベンチャー・スペシャル』のアシスタント・プロデューサーもやったことがある。

身のまわりにある物々に対するこだわりが凄い。特に万年筆である。常々わたしは、人間は万年筆を使いこなしてはじめて大人になるのだ、と思っている。いまの若者はボールペン止まりだから、いつまで経ってもチャイルディッシュなのだ。

足澤の父親は能筆の人で岩手県の書道界でかなり名が通っていた。その影響で彼もまた達筆の人である。

小学五年生の正月の書き初めの課題が「わかしお」だった。その年は若潮国体開催の年であった。お手本通りに書けない公彦をみていた父親は、癇癪を起こして目の前にあった文鎮で息子を殴った。鮒の形をした文鎮で殴られて公彦は頭から出血した。半紙の上に血のしずくが落ちた。半紙のあちこちに血痕がついた壮絶な作品を公彦は学校に提出した。子どもながらの父親に対するささやかな抗議だったのだろう。結果は銀賞に終わった。

父親の書斎の引き出しのなかには美しい万年筆がたくさん並んでいた。公彦は、万華鏡をのぞき込んだときのような、キラキラと夢幻に輝く世界をみた。父親の機嫌がよいとき公彦は勇気をもって「書きたい」と頼んでみた。

「おまえには、まだ使いこなせない」

「中学に入ったら使ってもいい？」と、恐る恐る訊くと、「公彦がいまより字がうまくなったらな」と父は約束してくれた。じつは公彦は父親が不在のとき、こっそり書斎に忍び込み万年筆のキャップをはずし、薬のようなインクの臭いを嗅いだり、黄金に輝くペン先の美しさに酔いしれていた。

公彦が小学六年生のとき、そんな父親が灰色のフォルクスワーゲン・ビートルに荷物を積み込んで家を出て行ってしまった。何も知らない小さな妹は、「パパ、早く帰ってきてね」と無邪気に手を振っていた。母はそのときパートに出かけていて家にはいなかった。公彦のこころのなかは、悲しさより、もう二度と殴られないな、という解放感でいっぱいだった。急いで父の書斎の引き出しに公彦は突進した。主のいなくなった書斎は静寂に包まれていた。引き出しを開けたとき、軽さに驚いた。予感は当たった。万年筆もボールペンも、鉛筆すら一本も残されていなかった。

「父さん、約束したじゃないか」

公彦に突然、寂しさと悔しさが襲ってきた。もう二度と父とは何の約束も交わせない。そう、父はもういないのだ。ようし、おれも万年筆の世界に足を踏み入れてみようと思ったとき、足澤公彦は大人になった。

足澤はただのコレクターではない。コレクターは貴重な万年筆を手に入れると、インクを入れずにただ死蔵している人が多い。ワインもシングルモルトもそうである。抜栓することなく、ただ飾って眺めているコレクターがたくさんいる。足澤はどんなに珍しい万年筆を買い求めても、必ずインクを入れて書き味をこころゆくまで愉しむ。

「マスターが使っているこの万年筆は、パーカーがまだアメリカで生産していたころの〝ビッグレッド〟といいまして、マッカーサーが愛用していたものです。日本が戦争に負けてミズーリ号の艦上での調印式でサインする際に使用したものと同じものです」

「おれはチャーチルは好きだけど、マッカーサーは嫌いなんだ。足澤、よかったら持って行っていいぞ」

「マスター、とんでもない。これはいま七十万円はしますよ」

「…………」

40 山口瞳さんから「お前の娘さんは立派な医者になった」

やっぱり人生の醍醐味は、じか当たりである。新宿伊勢丹メンズ館八階にサロン・ド・シマジをオープンしてから、早三カ月が過ぎた。ありがたいことに、遠方からも「バーカウンターは人生の勉強机である」と、マスターの言葉を信じてやってきてくれるお客さまが沢山いる。

マスターは、編集者時代に都内を電車移動することはほとんどなかったが、自宅のある広尾から伊勢丹のある新宿までは電車で通っている。タクシーを停めそうになる腕を抑えて、最寄りのＪＲ恵比寿駅まで歩いているのだ。

一流のバーマンは、お客さまが酒を飲みたくなる時間よりもだいぶ早くに店に入り、準備を万全に整えておくものだ。タクシーの後席にふんぞり返って、夜遅くに出勤するわけにはいかない。それが、お客さまへの礼儀というものである。もちろん広尾のサロン・ド・シマジでも準備は忘れない。こころを許した担当編集者であっても、散らかったテーブルに通したことは一度もない。

ある日のこと、半年ほど前にご主人を亡くされた品のある老婦人が訪れた。スパイシー・ハイボールと、ボウモアとスペイサイド・ウォーターのトワイス・アップを飲みながら、夫亡人はポツリポツリと心境を吐露し出した。

「亡くなった主人が『おまえは観音さまだね』と看護している病室で言うんですよ。わたくしはてっきり慈悲深い観音さまのことだと思い込んでおりましたのよ。よく聞きただすと馬頭観音だったのでございます」

「ご主人はかなりのユーモリストでいらっしゃったのですね」とマスターは応じた。夫は、憤怒の相をした観世音菩薩と罵倒をかけてそう言ったのであろう。婦人はマスターがはめていた腕時計に興味を持たれて尋ねられた。

「それは美しい時計ですね。サロン・ド・シマジとありますが、これは手づくり時計なんですか」

「はいそうです。増田精一郎という時計職人がつくったものです。バーをモチーフにしていて、壁には時計と写真が飾られています」

「これは、どなたのお写真ですか」

「三十六歳で癌で死んだ一人娘の写真です。あなたもご主人の素敵なお写真をここにはめこんではどうですか」とマスターは商魂たくましく言った。

「それは無理ですね。わたくし再婚するかもしれません」

ご婦人は旦那に似て可愛いユーモリストであった。

また、ある日のこと。五十歳はとっくに過ぎた男性のお客さまがやってきて、小さな声でささやくように言った。

「マ、マ、マスター、わ、わたしも、舌は、か、か、蝸牛《かたつむり》なんですよ」

「素敵な武器です。女にモテモテだったアナキストの大杉栄はひどい吃音《きつおん》だったそうです」とマスターが応じた。すると隣にいた青年が言った。

「それじゃあ、意識は稲妻なんですね」

バーに明るい笑い声がこだました。

また、ある日のこと。母親と娘さんが入店してきて、マスターに言った。

「わたしたちはシマジさんに大変お世話になった山宮の妻と娘です」

さすがのマスターも一瞬青ざめた。山宮はマスターの広告担当時代のよく働く優秀な部下であった。あれはマスターが、まだ五十三歳ごろのことであった。体重が10

0キロはあった山宮が急死した。取るものも取りあえず急いで山宮宅に駆けつけて号泣した。そのときの十歳の娘がいまマスターの前にニコニコしながら立っている。次の四月から消化器のドクターとして病院の現場で働くという。しかも七月には晴れて結婚するというではないか。父親がいなくなっても頑張れるものなのだ。

「山宮、聞こえるか。おまえのお嬢さんは、おまえのように急死する人を助けるために立派な医者になったんだぞ」

マスターは早めの結婚祝いとして、十二枚セットの「シマジ名言コースター」を伊勢丹から買って渡した。

「このなかに『女房の目には英雄なし』があるんです。新郎を堂々と尻に敷いて幸せになってくださいね」

未来の新婦はうなずいた。人間って素晴らしいではないか。

山宮聞こえるか、お前の娘さんは立派な医者になった

41

文豪北方謙三は美しき妖刀でマスターを斬った

作家・北方謙三はいま、密かに居合い抜きを習っている。ゴルフクラブではなく、真剣を振り回すとは、いかにも北方謙三らしいではないか。

夕なずむ三浦海岸に張り出した瀟洒な別荘のハーバーへ、約束の時刻きっかりに白い美しいクルーザーが滑るように入ってきた。操舵していた北方は、陸の客人に「やあ」と軽く挨拶した。客人は居合い抜き五段、武田鵬玉であった。この別荘は、むかしダグラス・マッカーサーが使っていたという由緒正しいものらしい。北方は腕に脳みそを埋め込んでいると噂されるほどの豪腕多作作家である。しかも常に上質な作品を紡ぎ出している。だからこの別荘の主人になれたのだろう。

広い別荘の庭には、切り株の上に巻き藁が立てられてあった。母屋から現れた北方謙三の姿は、洒落たビーチファッションからすでに武士の渋い姿に変貌していた。それはまさに『独り群せず』（文藝春秋刊）の主人公、光武利之の姿だった。『独り群せず』の最後に、剣を捨てたはずの主人公が、天然理心流の新撰組の面々と対峙する場面がある。あの気迫に満ちた鮮やかな姿とダブってみえた。別荘の前の海に落ちる大きな夕陽を浴びた剣豪・北方謙三は、刀を鞘に納めたまま、巻き藁を敵とみなし、一足一刀の間合いまで近づいた。ふいに周りに妖気が漂った。

文豪は鯉口を切り鞘をすっと引いた。潮合い、抜刀した刹那、拝み取りにした柄を上段に振りかぶり、ためらわず巻き藁に振り下ろした。巻き藁は見事に真っ二つに切り落とされた。北方は刀の切っ先を動かさず、あたかもそこに敵がまだいるかのごとく微動だにしなかった。それからすうっと後ろに下がったかと思うと、静かに血振りをして納刀した。その夜は凪もなく、まもなく大きな満月が中空に浮かんだ。薄暗い海面が不気味にきらきらと輝いていた。

北方謙三は剣もペンも自在に操れた。北方はマスターの著書『異端力のススメ』（光文社刊）に「シマジと島地」という跋文《ばつぶん》を寄せた。

「（前略）編集者シマジは、島地勝彦という人間の一面であり、ほかの面は、編集者という顔にうまく隠されてきたような気がする。

吃音である。吃音は、はにかみやで人見知りというのが、私がこれまで接してきた、吃音者の共通の性格である。どちらが先かわからないが、そうなのである。編集者シマジは、その吃音すら武器にし、『意識は稲妻、舌は蝸牛』などという、賛辞のような表現を大作家から貰ったりしている。もっとも、私は記憶で書いているので、その言葉が正確なものか、保証のかぎりではない。

編集者シマジは、喋りまくった。吃りながら、言葉を連射する。彼より若い作家であった私にすら、そうであった。意識が速やかに口から出る言葉に連動しないもどかしさを、時々表情に出しながら、それでも聞く方にとっては充分すぎるほどの言葉を発した。

しかし、彼が沈黙する時がないわけではない。そういう時、ふと眼差《まなざ》しに、少年ぽさと同時に、はにかみが滲《し》み出してくるのである。眼が合うと、彼はちょっと微笑《ほほえ》む。言葉を出すという表情ではなく、喋ることのむなしさに、一瞬だけ眼をむけてしまったという顔である。それから、酒を飲むか煙を吐き出すかして、編集者シマジに戻る。

（後略）」

北方謙三の切っ先は鋭く、まさにマスターはほとんど即死だった。

先日、東京・白金にある創作フレンチの店「キャーヴ　ドゥ　ギャマン　エ　ハナレ」

に行ったとき、北方謙三はシガー用マッチに書き置きを残していた。

「島地勝彦様、饒舌堂蝸舌殿　ここは俺の縄張りだから、黙って俺より高いワインを飲み、高い葉巻を喫ること」

その夜マスターはモルトを諦めて、ピション・ロングヴィル・コンテス・デ・ラランド2001年を注文した。葉巻はトリニダッド・ロブストエクストラに着火した。

人生は出会いであり、何より尊いものは友情なのである。謙ちゃん、ありがとう。

42

上質なパンツを知る悲しみは知らない悲しみより格が上である

おかげさまで新宿伊勢丹のサロン・ド・シマジは大盛況だ。常連も定着して、みんな仲よく会話に華を咲かせている。最初はアカの他人だったが、ありがたいことにマスターの話題をきっかけにみんなが繋がった。リアルの世界で築く絆は、ツイッターよりも強いものだ——と考えながらマスターは目を細めてシェイカーを振っていた。

そんな穏やかな日の午後、突然「ダーリン、元気!?」というリズミカルな女の声が飛び込んできた。脛に傷を持つマスターはその声を聞いたとき、ついにむかしの女が現れたか、と一瞬ドキッとして身を構えた。が、声の主は一世を風靡したラテン歌手、坂本スミ子ではないか。

多くの芸能人が年を取ると落魄《らくはく》するなかで、彼女ほど幸せな晩年を送っている人はいない。結婚した相手がよかった。有名なドクターで、オスミは夫の母親が経営していた熊本の大きな幼稚園の園長をいまやっている。一流の歌声とともに合唱できる園児は、さぞ愉しかろう。オスミのひとり娘である石井聖子は歌手であり事業家である。最近繰り上げ当選してめでたく参議院議員になった藤巻幸大とは、上智大学の先輩後輩の仲だ。

どうしてマスターとオスミが親しいのか。じつはオスミは熊本の静かな長い夜にマスターの『甘い生活』を読み耽り、興味を持ってくれたのである。秘密を告白すれば、オスミは以前、演奏の入ったCDを持参し広尾のサロン・ド・シマジ本店にやってきて、マスターだけのために耳元で大好きなカンツォーネ『ディオ・コメティ・アモ』を熱唱してくれた。オスミはいまでもたまにコンサートをやっているらしく、美しい張りのある声はまだ現役だった。マスターは、思わずインタビュー用テープレコーダーの録音ボタンを押した。

サロン・ド・シマジはそのとき満員だった。若い世代はこのおばさんは何者かと訝しげにみていたが、五十代以上のお客はオスミの来訪に驚き歓待してくれた。その日はなぜか万年筆がよく売れる日で、すでにペリカン二本とパーカー一本が売り場から旅立っていた。

　万年筆を使う若者は激減してしまい、マスターは世も末だと嘆いている。万年筆で礼状を書けるようになって、はじめて子どもは大人の仲間入りをするものだ。ＰＣとボールペンしか使えない若者に、マスターはいかに万年筆は美しい文房具なのか、説明して売っているのだ。万年筆は五、六万円以上しないと品質が十分でなく一生モノとは言えない。また、男女関係なく太字のほうが字が下手でもうまくみえる。五杯ほど杯を重ねたオスミが言った。

「ダーリン、今日あたしに素敵な万年筆を選んでくれない。あたし、七十八歳の生涯で、はじめて万年筆を買うのよ。早く大人の仲間入りしなくちゃ」

　マスターはオスミを売り場に案内して、ペリカンの万年筆と、満寿屋の小さな便箋と封筒を薦めた。

「ここではシングルモルトからお洋服まで何でも売っているのね」

「わたしの愛用しているものなら何でも売っているんです」

「いまバーで飲んだ同じお酒を家でも飲みたいから、青山と熊本に二セットを送ってくださる。シェイカーもその斜めに傾いたグラスもお願いするわ」

「そしたらこのプッシュミル・マシンも必要でしょう。サントリー・ザ・プレミアムソーダ・フロム・ヤマザキとスコットランドのスペイサイド・ウォーターもつけますか」

「一切合切送ってちょうだい。あそこにあるのは男性用の下着かしら」

「わたしがずっと愛着しているイタリアのガロというブランドのアンダーパンツです。このしっとりとした肌触りを知ってしまうと、もうほかの下着は穿けません」

「それをうちのダーリンと娘のハズバンドに一枚ずつ買ってプレゼントするわ。一度穿いたらやめられないなら、パンツのまとめ買いをするかもね」

「はい、知ってしまった以上、ご主人もきっとパンツ狂になるでしょう。でも、知る悲しみは知らない悲しみより上質なのです」

43

まずはラベルに魅せられ味で痺れる

いまや日本も、転職があたり前の時代になった。わたしがシングルモルトを仕入れている信濃屋のバイヤー、北梶剛（三十三歳）もその一人だ。学生時代、北梶はライト級のプロボクサーを目指していた。その後、愛国心に燃えて陸上自衛隊恵庭戦車部隊に入隊した。3・11の災害時に自衛隊が大活躍し、日本人はいくらか尊ぶようになったが、それまでは、制服を着たまま〝兵士休暇〟に出て歩いていると、蔑む目線をひしひしと感じたものだ。

第一、実弾訓練のときの実弾の数をいちいち米軍にお伺いを立てて許可してもらう実情を知って、北梶は釈然としなかった。自衛隊を除隊した北梶は、硝煙の匂いからワインの香りに誘われて、ドイツへ渡り、ワインのインポーターに転職した。が、無骨な北梶にはワインが軟弱に思えてならなかった。約一年間渡独したにもかかわらず、こころは男の酒シングルモルトへと誘惑されていった。

その後、運よく信濃屋に入社してシングルモルトのバイヤーになった。若いときから自分にハマる職業に就くことはなかなか難しいことだが、北梶剛は情熱をもってやり遂げた。転職によって大好きな職業に就けた喜びはひとしおであっただろう。水を得た魚のように北梶は働いた。英語は決して流暢ではないが、北梶は自分の舌を信じた。信濃屋オリジナルボトルのバイヤーとして北梶剛が選んできた古いシングルモルトの味は、瞬く間に世間で評判になった。信じた自分の舌は、一流で本物だった。

新しいシングルモルトを購入してくると、必ず抜栓して独り静かに三杯は試飲するマスターも、北梶のセレクションに舌を巻いた一人である。人一倍好奇心の強い編集者上がりのマスターは、信濃屋目黒店の柴野倫子店長を口説き落とし、北梶バイヤーとの宴の機会をつくってもらった。これが運命の出会いとなった。人生はやっぱり〝じか当たり〟である。人生は短すぎる。女も男も遠くからみているだけではいけないのだ。ましてマスターはもうすぐ七十二歳の誕生日を迎える。善は急げだ。その日の宴は、まるで恋人同士のように熱く盛り上がった。

「いまは閉鎖されてしまったメルシャンの軽井沢蒸留所からバイイングした『軽井沢16年』と、それに続けて発売された『軽井沢31年』には久しぶりに痺れたねえ」と、興奮したマスターが一気にまくし立てた。

「ありがとうございます。バイヤーとして感激です」と北梶は笑みをみせた。

「ラベルに凝っているのがいいね。あの水墨画はどこでみつけたの？」

「千葉市美術館でみつけたんです。その場で館長に直談判してラベルに使わせてもらったんです」

「少し前だが、浮世絵師・菱川師宣の『見返り美人図』をラベルに使ったトマーティン１９７６も衝撃的だった」

「ぼくは一樽選んでくると、その熱い思いをラベルに表現したくなるタチなんです」

「いいタチだよ。同じくラベルに凝るイチローズ・モルトの肥土伊知郎もいいセンスの持ち主だけど、北梶剛も負けてはいない。シングルモルト・ラバーにとっても嬉しい趣向だ。わたしは空き瓶を集める趣味はないが、困ったもので、これればかりは捨てられない」

「そのうちサロン・ド・シマジは、空き瓶だらけになるでしょう」

「まずラベルに魅せられ、味で痺れるっていいじゃないの。バイヤーは年に何度もスコットランドに通っていると思うけど、いちばん美しい蒸留所はどこなの」

「ぼくが好きな蒸留所はグレングラッサ蒸留所です。蒸溜所の屋上から東ハイランドのマレイ湾が一望できる美しい風景です。スコットランドの最小規模のエドラダワー蒸留所もいい。マスターもご存じのアイラ島にある蒸留所は、どこも素敵です」

「バイヤーって羨ましい商売だね」

「そんな呑気に構えてはいられませんよ。自分の感覚だけで、何十年もかけてつくられた貴重なモルトを、舌の上で転がすわけですから」

44

わたしにとってドモリは武器である

マスターの親しい作家のなかで最年長の瀬戸内寂聴さんは、好奇心の塊の人である。新宿伊勢丹のサロン・ド・シマジにどうしても行きたいと連絡があった。瀬戸内さんは文化勲章受章者であり、全国的な人気者である。マスターの素敵な相棒であるサロン・ド・シマジのスーパーバイヤー、トミザワに相談したところ、「瀬戸内さんがここにこられたら大混乱になりますので、今回は広尾の本店でご接待していただけませんか」と青ざめて言うのだった。そんなわけで、瀬戸内さんは、美しく若い秘書を連れて、広尾のサロン・ド・シマジ本店にやってきた。

瀬戸内さんは、岩手の浄法寺町でつくられるどぶろくを愛飲しているのだが、この夜は「セレンディピティ」というウイスキーを飲んでいただいた。

「このモルトはアードベッグ蒸留所がボトリングする際に、誤って12年もののグレンマレイをブレンドしてしまったボトルです。ところが試飲してみると思いがけず美味しかったので、18世紀のイギリス人作家、ホレス・ウォルポールの造語〝セレンディピティ〟を拝借して売り出されました。この言葉は科学分野でケアレスミスから思わぬ大発見を生んだとき使われる言葉なんですが、広義では〝ひらめき〟などと解釈されています。ネーミングもよかったのでしょう、アードベッグファンの間では、かなり古いアードベッグが入っているらしいとウワサが立って、垂涎のボトルになっているようです」

マスターの流暢な説明を聞きながら、九十歳の瀬戸内さんは二十代の秘書に負けず杯を重ねた。

「これは、いわく因縁がありましてね。20年以上の古いアードベッグも入っているんですが、スコッチウイスキーには、一番若い樽の年代を表記しなければならない規則がありまして、仕方なく12年の表記になっているんです――」と、スラスラと蘊蓄を披露している最中に、突然、瀬戸内さんが言った。

「マスター、今夜はつまんないわよ。どうしてドモッてくれないの。あなたの吃音《きつおん》には色気があるんだから」

そう、マスターは生来のドモリである。カ行とタ行に弱く、素敵なレトリックが浮かんでも舌の上で音にならず死んでいく。

そのむかし集英社の新人編集者だったころ、同期に現作家の館淳一がいたが彼もドモリであった。初給料を懐に二人ですし屋に行ったときのことだ。二人ともトロが食べたいのに、「ト」が口から出てこない。

「おまえ、頼んでくれ……」と館に言うと、彼は「ええと、ええと……」と口ごもる。

「エビですか？」と板前に言われ、エビを六匹も食べることになった。ちなみに館は、

「チ」がうまく言えないから、筑摩書房は受けなかったそうだ。

マスターは、ドモリをカバーするために、幼いころからたくさんの言葉を学んだ。

「ためらう」は「逡巡《しゅんじゅん》」という言葉に置き換えて話した。自然と語彙が増えたからこそ、編集者として仕事がこなせたのかもしれない。そんなマスターに開高健さんは、

「意識は稲妻、舌は蝸牛《かたつむり》」という言葉を贈ってくれた。今夜はこころが寛いでいるのか、あまりドモらなかったようである。

「そういえば、瀬戸内さんが九十歳で書き下ろした『月の輪草子』（講談社刊）を読みました。驚いたことに清少納言の最初の夫がドモリだったんですね」

「あれはわたしの創作です。どうしても吃音の男にしたかったのです。明治生まれの

アナキスト大杉栄は女にモテましたが、それはドモリだったからですよ。『き、君のことが、す、好きだ』なんて言われたら、女性は母性本能にすぐ火がついてしまうんです。昭和期の新潮社で〝編集の神さま〟と呼ばれた齋藤十一も、そしてあなたもドモるところが魅力的なのです。男がペラペラ喋るのは軽薄にみえてなりません」

聞いたか。全国のドモリで悩んでいる紳士青年諸君、そういうことだ。今日から自信を持って生きるんだぞ。コンプレックスを武器にしたときこそ、人間が大人になった瞬間である。

45

三途の川から戻ってきた夜の銀座の男

夜の銀座の面白さを知ったのは、二十五歳のときである。教えてくれたのは、シバレン先生だった。場所は高級文壇クラブ「ラモール」。ラモールにはきれいな姐さんたちが群がっていた。店の常連は川端康成に大岡昇平と、そのころの名だたる文壇の重鎮たち。無論そのなかでも柴田錬三郎こと、わがシバレン先生はひと際輝いていた。銀座第一ホテルの後ろにある、小ぶりのクラブ「ゴードン」に連れて行ってくれたのもシバレン先生だった。そこでは吉行淳之介が飲んでいた。

ここならわたしでも使えると思い、よく接待で使うようになった。小さいながら可愛いホステスのいる店。そんなゴードンの店長が武田和広だった。

わたしと変わらない年格好にみえた武田と、通い続けるうちに気が合い親しくなった。この店には、大統領選挙でケネディに一敗地にまみれたニクソンが、お忍びでよく通ってきたという。わたしがゴードンに通いはじめたころ、すでにニクソンはホワイトハウスの主だった。そんなこととは露知らず、ニクソンが通った別のクラブを取材して、週刊プレイボーイの巻頭特集を書いたことがある。題して「ニクソン大統領は銀座で飲んでいた」。ホステスに囲まれた、傷心のニクソンの写真も載せた。この記事は、小さくニューズウィークにも転載されたのだった。

武田は明るくて面白い男である。ここのところ連絡がないのを気にしていたら、毎日新聞に掲載されたわたしの大きな記事を読んで、ひょっこり新宿伊勢丹のサロン・ド・シマジにやってきた。

「シマちゃん、ゴメン。ご無沙汰でした。話せば長くなるけどいろいろあってね」と、マスターがつくるスペイサイド・ウォーターでシェイクしたカリラのトワイス・アップを美味そうに飲みながら、相変わらずの大きな顔と大きな声で語りはじめた。

彼は大阪の美濃で生まれた。祖父は厳格な軍医だったため、娘の結婚相手を認めず、武田は四歳まで出生届も出されないでいたそうだ。そのうち心労がたたって母親は夭折。父親はろくでもない男で、息子を置いて逃げてしまった。仕方なく武田は祖父の子として四年後に出生届を出してもらった。だから幸か不幸か彼が小学一年生になったときには、同級生とは比べものにならないほど大きくませていた。大学は関西大学に入ったが、馬鹿らしくなって一年で中退。その後、大阪グランドホテルのボーイを手始めに、コネを使って出来たばかりのホテルオークラにベルボーイとして潜り込む。給料は安かったが、外人のチップが凄かった。ナット・キング・コールなどはいつも五十ドルのチップをくれたという。

そこへ、ゴードンの支配人をやらないかと銀座のオーナーから誘いが。姐ちゃんはきれいだし酒がある。おまけに給料はいまの五倍は支払うと言うではないか……。次の日から武田は立派な銀座の黒服の仲間入りをした。

「シマちゃん、独り暮らしは危ないね。じつはね、おれ、火事を出しちゃって大変だったんだ。深夜、小腹が空いたので春巻きを食おうと油をフライパンに入れて焼いたとき、ついでにシャワーも浴びたのがいけなかった。浴室から出てきたら部屋中はもう火の海。おれはしたたか煙を吸い意識を失って、気がついたのはそれから四十日もあと。何度も三途の川の袂まで行ったような気がする。モルヒネは四十日間以上打てないそうで、いよいよ身内の者が呼ばれたらしい。焼き場の釜の前で順番を待つ夢をみていたら、シマちゃんがゴードン一の美人だった好子を秘書に従え現れて、おれの耳元でささやくんだよ。『知り合いの名医に相談したら、武田は二億円出せば助かると言われた。残念ながら、わたしには二億円は無理だ。そうは言っても、どうしても武田を助けたい。なんとか会社から二億円を用意しよう。でも条件がある――』ってね」

「おれはなんて言ったんだ……？」

「『武田、二億円儲かるベストセラーになるネタを提供してくれ』だとさ」

武田が取って置きのネタを出そうとしたとき、目が覚めた。

46

蒸溜所は死せど シングルモルトは生き続ける

「マスター、大変なことが起きました！」血相を変えて担当編集者のサトウ・トシキがバーに飛び込んできた。

「どうした、トシキ、女の生理でもとまったのか」

「マスター、ぼくは赤ん坊が生まれたばかりなんですよ。可愛くてほかの女になんか目がいきません。じつは先ほど編集長に呼ばれまして、『おまえはシマジさんの担当をもう二年もやっている。そろそろ後輩のアンドウに渡してくれ。奴もシマジさんに一流の編集者に育ててもらいたいのだ』と厳命されたんです」

「えっ！　担当替えか……。それはおれもショックだな。作家にとって担当編集者はファーストリーダーであり、相棒であり、共犯者なんだ。担当者が替わって連載がダメになった例は枚挙にいとまがない。伊集院静など連載を中止したことがあるくらいだ」

「それが、編集長の選んだ後任はわたし以上に優秀な編集者なんです」

「どこ出身なんだ」

「秋田です」

「おまえが福島でアンドウが秋田、おれが岩手だから、オール東北勢か。奇遇だな。それでトシキは、人事異動で『フィガロ』にでも飛ばされたのか」

「いやいや、Ｐｅｎにおりますよ。マスター、たとえどこへ行こうと、これからも同じように会ってくださいね」

「思い出すなあ。若かったころ、シバレン先生の連載が終了したとき、『これからも同じように先生に会いたいのですが』と訴えたものだ。そうしたら、『シマジは面白いからいいよ』と言われた。もちろん、トシキ、Ｐｅｎでは連載ばかりじゃなく、特集でも何でも一緒に仕事が出来るだろう」

「はい。いろいろ企んでいますから愉しみに待っててください」

おずおずと一人の男が入ってきた。

「アンドウ・トモヒコと申します。よろしくお願いします。Ｐｅｎが刷り上がってくると、毎号真っ先に『サロン・ド・シマジ』から読んでいます。突然、ぼくがこの人気コラムの担当者になるなんて、サトウ先輩には申し訳ないですが夢のようです。頑張ります」

「ようし、アンドウ、賽は投げられたんだ。トシキが嫉妬するようなもっと面白い内容にしようじゃないか」

「足繁く通わせてください。それにしても、シングルモルトがところ狭しと林立していますね」

「マスター、アンドウの得意技は、編集部でいちばんの酒豪なことです」

「トシキ、そう言うおまえも大した酒豪じゃないか」

「いやいや、足元にも及びません」

「それじゃ、今夜は別れと出会いを祝して、取って置きのソートアフターなシングルモルトを飲もうじゃないか。これはどうだろう。ローズバンク15年のカスクストレングスだ」

「ぼくはまだ飲んだことがありません」

「そうだったかな。ローズバンクはローランドの伝統に則って三回蒸留でつくられるシングルモルトなんだが、残念ながらこの蒸留所は１９９３年に閉鎖されてしまった」

「50度もあるんですね」

「アンドウ、開けてくれないか。おおっと、キャップをそんなに力まかせに抜いちゃいけない。二、三回、ボトルをゆっくりと逆さまにし、コルクを濡らしてから抜かないと、コルクがよく折れてしまう。シングルモルトは、フルボディの女を扱うように細心さが必要なんだよ」

「マスター、ぼくも連載の最初のころ、よく注意されたことを思い出しました」

「勉強になります」とアンドウ。

「まだ力強い香りが残っているだろう。これはイタリアのボトラーズものだが、緑色がかった黄色っぽいのが特徴だな」

「トロピカルでフルーティーな香りとローズのような甘さを感じます」

「蒸留所は死せど、シングルモルトは生き続ける」

「マスターの大好きなポート・エレンもそうですよね。また名言が一つ出来ましたね」とトシキはさわやかに笑っていた。

47

話が大きくなってきた男の人生はこうでなくちゃ

新宿伊勢丹のサロン・ド・シマジに、スコットランドから突然、大男の紳士がやってきた。名前はジョン・グラント。名にし負う、天下のグレンファークラス蒸留所の五代目オーナーである。輝くサーモンピンクの肌色は、何代もかけてモルトウイスキーを飲み続けた男の肌だ。辺りに放つ、ひと際強烈なオーラは、貴重なシングルモルトの樽を五万樽、大事に貯蔵している誇りからくるのだろうか。威厳のなかに、さわやかな笑みがこぼれた。

「今回の出張は日本を素通りして台湾、香港と行く予定だったんだけど、うちの輸出元、ミリオン商事の本間社長が『どうしても東京に寄ってくれ。面白いバーと面白い男を紹介したい』と言うもんだから、二日ほど出張を延ばして東京にきたんだよ。なるほど、これがウワサのスパイシー・ハイボールか。うん、イケるね」

「このあとグレンファークラス10年をスペイサイド・ウォーターで半々にして、氷でシェイクしたものを飲んでください。この二つがここの名物の飲み方です」と薦めると、ジョンは「ありがとう」と言い、男らしく一気に飲み干したのだった。

その後、場所を恵比寿のマサズキッチンに移して宴がはじまった。夜の外気が4度しかないのに、五代目オーナーは涼しい顔して言ってのけた。

「東京は暖かいね。家を出てくるときは零下10度だった。夏は気温は上がっても25度、いくかいかないか、だけど」

ジョン・グラントは家族と大所帯で、蒸留所がある敷地のなかに暮らしている。グレンファークラスとは「緑深く茂る谷間」という意味のゲール語。蒸留所の近くの山から眺める光景が、まさにそうなのだという。

「わたしの先祖は元々、牛飼いで、グレンファークラスのあるエリアを通り、エジンバラの市場に牛を卸していた。ちょうどその辺で、たくさんの牛の群れを休ませていたらしい。あるとき、そこの土地が売りに出たので買ったら、たまたま蒸留所が一緒についてきた。先祖はわたしのように飲んべえだったようで、牛を捨ててウイスキーづくりに励んだのだろう。そのころからその蒸留所はグレンファークラスと言われていたんだよ」

「ご先祖はいい買い物をしましたね」

「しかし、モルトウイスキーは仕込んでから商品になるまで長い長い時間がかかる。わたしがいま仕込んでいるのは、子どもの代、いや孫の代を目指してつくっているんだよ。なにせうちは家族経営の蒸留所なんでね。グレンファークラス自体は１８３６年の創業なんだが、ご先祖が手に入れてウイスキーをつくりだしたのは、１８６５年と記録に残っている」

「マイケル・ジャクソンの『モルトウィスキー・コンパニオン』でも、グレンファークラスは88点、89点という高い評価を受けていますよね」

マサズキッチンで季節外れの冷やし担々麺に舌鼓を打ったあと、場所をサロン・ド・シマジ本店に移し、イチローズ・モルトの23年熟成を薦めた。

「おお！　オリエント！」とジョンは歓声を上げた。調子に乗ったわたしが、続けて大事にしているポート・エレンのファーストを出したところ、ジョンはいきなり大声を発した。

「オー、ノー！　アイラの同業者は尊敬しているが、アイラモルトは病院の臭いがしてわたしは嫌いなんだよ。悪く思わないでくれたまえ」

ウイスキー初心者がよくアイラモルトを毛嫌いするが、五代目オーナーがそう言うと、なるほどと納得してしまうから不思議である。

「ミスター・シマジ、この秋、うちに遊びにきてくれないか。わたしがシギを撃って料理してあげよう。わたしのプライベート・ジェットでスペインに招待したい。そうだ、サロン・ド・シマジのプライベート・ボトルをうちの樽からつくってみたらどうだろう」

だんだん話が大きくなってきた。男の人生はこうこなくちゃ、生きている資格がない。

話が大きくなってきた、男の人生はこうこなくちゃ

48

謎に満ちた剃髪の常連客その正体とは

新宿伊勢丹のサロン・ド・シマジでマスターは、毎週土日の午後1時から8時までシェイカーを振ってお客さまに接している。が、マスターを上回る〝出勤率〟の素敵なお客さまがいる。名前はヤマグチさんという。年のころはマスターより十歳は下だろうか。ヤマグチさんのヘアスタイルは、僧侶顔負けの見事な剃髪である。サロン・ド・シマジのブティックで買ったトルフィット&ヒルのグルーミングセットを使って、毎朝、綺麗に剃っている。肌の手入れには資生堂メンを欠かしたことがない。僧籍関係者か？

いやいや、ヤマグチさんの佇まいは群を抜いてお洒落で上品なのだ。決して抹香臭くない。ここで購入したアルニスの「森の番人」がよく似合う。相当気に入ったようで二着も買っていただいた。万年筆の選び方だって尋常ではない。オマスの化粧箱入りの限定品、「コイーバ」を購入した。しかも「わたしは葉巻をやりませんから」とマスターに化粧箱を〝永久貸与〟してくれた。ちゃんとヒュミドールの役目も果たすスグレモノである。

金満家なのだろうか？　とすればマスターも足元に及ばぬ浪費家だ。瀟洒なマンションの地主所有者で、夜な夜なペントハウスのリビングルームで、豹のはく製を撫でながらシングルモルトを啜っているのかも。いやいや、そんな下品なお方にはみえない。両親が大富豪で、ずっと無職で生きてきたのかもしれない。天職は無職か。そうだ、高等遊民？　現代版薩摩治郎八？

ヤマグチさんはよく飲むお客さまである。特にお気に入りのシングルモルトは竹鶴17年だ。「マスター、一緒にいかがですか」と誘われると、酒好きのマスターはズブズブになってお相伴にあずかる。しかもヤマグチさんは自宅でも飲むらしく、スペイサイドのグレンリベット・ウォーターを毎月三ダース、伊勢丹から取り寄せている。

マスターは自分の著作を買っていただいたお客さまには、筆でフルネームのサインをしている。そのとき使っている矢立は、ヤマグチさんからの〝永久貸与〟なのである。矢立は江戸時代の旅人が携帯した、墨を入れた壺と細い筆が格納されているものだ。いまでは高価な美術品である。ヤマグチさんは骨董屋さんか？

サロン・ド・シマジでは、いま〝永久貸与〟という言葉が流行っている。〝永久貸与〟というレトリックには、「あげる」とか、「贈る」とかより格が上で典雅な響きがする。これはヤマグチさんの造語である。もしかするとヤマグチさんは国文学の教授なのか？

また医者の一団がサロン・ド・シマジにやってきた。医学の話に華が咲いたかとみていたら、そのなかでヤマグチさんが大活躍しているではないか。ブラック・ジャックなのか？

「明日、グレンファークラスの五代目オーナーのジョン・グラントさんがここにくるはずだよ」とマスターが何げなくそこに居合わせたお客さまに告げると、ヤマグチさんはその翌日、スカートを穿くスコットランド人がキンタマ隠しにぶらさげる革製のスポーランを持参して〝永久貸与〟してくれた。ジョンがやってきて、マスターがさげているスポーランをみて喜んだこと喜んだこと。ヤマグチさんはジョンを相手に流暢な英語で話していた。コスモポリタンなのか？

「ヤマグチさん、あなたは何者ですか」たまりかねてマスターは訊いた。

「わたしは引退した独り暮らしのただの爺です。それも、ちに点々の〝ぢぢ〟でございますよ」

「どちらにお住まいなのですか」

「伊勢丹メンズ館の排気ダクトに住んでいます。だからほとんど毎日通えるのです」

ある日マスターは渋谷のBunkamuraに、江戸中期の僧侶で画家だった白隠の展覧会に足を運んだ。なんと白隠の描いた絵のなかにヤマグチさんがいるではないか。

「ヤマグチさん、あなたはすたすた坊主だったのですか？　でも東急には行かないでください。伊勢丹が寂しくなりますから」

49

熱狂的な信奉者へ積年の相棒を〝贈呈〟する

森正貴資は、毎週新宿伊勢丹のサロン・ド・シマジにやってくる常連の一人である。はじめて森正に会ったのは、恵比寿のマサズキッチンのカウンターで三枝成彰さんと食事をしていたときのことだった。興味深そうにこちらに視線を送ってくるので、わたしはてっきり三枝さんのクラシックファンかなと思っていた。彼はふたりの女性と食事中。あとで知ったことだが、一人は彼の美しい奥さんで、もう一人は奥さんの美しい友人だった。突然、男は立ち上がり、つかつかとわたしのほうに近づいて声をかけてきたのだ。

「シマジ先生ですか。わたしは先生の大ファンです。森正貴資と申します」と名刺を出してきた。こちらも名刺を探したが、あいにくと持ち合わせがない。代わりといってはなんだが、名刺大につくった開高健の「編集者マグナカルタ」を渡すことにした。

「ごめんなさい。名刺がないのでこれで勘弁してください」

「このほうが価値があります。ありがとうございます」とその場はそれで済んだ。

それから一週間もしないうちに目黒の信濃屋から、森正貴資の名前で荷物が届いた。ボトラーズものの高価なポート・エレンだった。なかに丁重な手紙が添えられていた。早速、彼の携帯に電話を入れて礼を言い、二週間後に一緒に食事をすることを約束した。いまから二年前の春のことである。食事をともにして驚いた。森正はわたしのすべての著作から連載まで、丁寧に読み込んでいたのである。作家冥利とは、まさにこのことだ。人生は出会いである。わたしはこの熱狂的信奉者を大切にしようと思った。新しい本が出るたび、必ず森正と会って率直な感想を訊いた。

外資系IT会社に勤める森正は、グレンファークラスの五代目オーナーが来日したとき、通訳をも買って出てくれた。伊勢丹のサロン・ド・シマジでは、トルフィット&ヒルのシェービングセットから資生堂メンの五つのシリーズまでを購入。いまでは同じく常連の一人、白川義一と肌チェックを競い合っている。酒も強い。新宿のサロン・ド・シマジで悠々と十三杯もお代わりして、平気な顔をして帰って行ったことがある。サロンでの、酒量最高記録保持者なのだ。また森正はわたしの作品を読み込み尽くして、著者以上に記憶している。だから新しいお客さまに著作に関する質問をされて、急に全部の内容を思い出せないとき、わたしは森正に訊くことにしている。いわば彼は〝ミスター・シマジ・インデックス・マン〟だ。

ある夜、原稿を書き終えたわたしは、独りでポート・エレンをチビリチビリやりながら葉巻を燻らし、狭い部屋にうず高く積まれた鞄の山を眺めていた。

「みんな、そろそろ旅に行きたいよなあ」と独りごつと『そうですよ。旦那さま、わたしたちは毎晩夜泣きしています』という声がする。そのなかに、一人だけすねている鞄がいた。わたしが集英社インターナショナルの社長時代、どこへ行くにも一緒だった、エルメスのモスグリーン色のビジネスバッグである。よく耳を傾けると、エルメス君が悲しそうに言った。

『旦那さま、わたしのお役目はもう終わったような気がします。以前は紺やグレーのダブルのスーツに身を固めていらっしゃった旦那さまが、いまではイタリアン・ファッションばかり着ていらっしゃる。わたしの出番は永遠にこないのではないでしょうか。あのころは、グランヴァンのフルボトルを忍ばせて高級レストランに行ったり、大活躍でしたね』

「そうだ。おまえを森正に使ってもらおうか。いまサロン・ド・シマジで流行っている〝永久貸与〟しよう。森正なら大事に使ってくれるな。エルメス君、いいアイデアだろう」

『はい、ここで退屈に寝ているより、はるかに刺激的でございます』

「そうだ。あいつには可愛い五歳の息子がいたな。あの坊やにも将来使ってもらうとするか」

『グッドアイデアです。そのまた息子さまが使っても、わたしは新品同様元気ですよ』

50 思いもかけない物々交換が成立した夜

前回のエッセイでマスターは、自身の熱狂的信奉者である森正貴資に、愛用してきたエルメスのビジネスバッグを〝永久貸与〟することを決意した。後半となる今回は、マスターの所有するエルメス君とバーキンちゃん、鞄同士の会話からはじまる——。

『それにしても旦那さま、バーキンちゃんはいい身分です。週末、旦那さまと一緒に新宿伊勢丹メンズ館のサロン・ド・シマジに出かけられるんですから』

『でもお兄さま、グローブ・トロッターさんもオッにすましてて伊勢丹のショーウインドーにいたわよ』

『そうか。あいつも旦那さまとローマやロンドンに行ったりしたからな。わたしなんぞパリ生れだというのに、一度も外国の旅には出たことがないんだ。嗚呼』

「エルメス君、わかった。森正に、海外出張には君を必ず連れて行くように言っておく。森正もアルニスのコートを買ったから、君とお似合いだろう」

『右岸のエルメス、左岸のアルニスとまで言われたお洒落極道のアイテムですからね。光栄です』

『バーキンだってアルニスに合うわよ』

それから二日後、エルメス君が森正のところへ婿入りする夜のことである。

「シマジ先生、ありがとうございます。感激です。貴重なバッグ、大事に大事に使わせていただきます」

「森正の可愛い坊やが成人して就職したら、今度は息子に譲ってやってくれ。そして孫が生まれてその子が成人したら、また受け継がせてくれ。そのころはもう、おれもこの世にいないだろうな」

「必ずそうさせていただきます。森正家の家宝にします。でも先生が十年間、雨の日も風の日もお使いになってまだこんなに新品同様とは驚きですね」

「これがエルメスの値打ちなんだろう。素材の革がちがう。エルメス君とはいろんな女の家を訪ねたが、こうしておれと一緒に無事帰還してきたんだよ」

「さて先生、今夜はここに絵を持参して参りました。受け取ってください」

「森正、これは受け取れない。藤田嗣治の猫の絵じゃないか。おれが頂戴するには、高価すぎるシロモノだ」

「先生の処女作『甘い生活』に書かれているチャコが、久しぶりに戻ってきたと思ってください。チャコもこんなに丸々太っていたのでしょう」

「森正、これはさすがに勘弁してくれ」

「この絵はサロン・ド・シマジに飾って、先生に毎日愛でてもらったほうが幸せなのです」

「いや、ここに飾るには立派すぎる」

「先生は藤田嗣治が大好きでしょう。『異端力のススメ』に藤田嗣治のことを愛しく書いていたではないですか」

「藤田嗣治は日本人の画家としては突出している。当時のほかの日本画家の絵は一枚も欲しいと思わないが、藤田は一枚あったらいいなあと、確かに思っている。が、いざこうして藤田の絵と出合うと恐縮してしまう」

「それじゃ、先生、〝永久貸与〟ではどうでしょう。先生が散々眺めたあと、万が一、お亡くなりになりましたら、わたしに返してくだされぱいいです」

「わかった。森正がそこまで言うのなら、潔く〝永久貸与〟してもらおうか」

「いい考えですね。そうしてあげたほうが藤田の猫も幸せです」

「エルメスのビジネスバッグが藤田嗣治の絵に化けた、といったところか」

「わたしもうれしいです。ここにくればいつでもこの猫に会えますから、ちっとも寂しくありません」

「それじゃ、この記念すべき物々交換のために乾杯だ。今夜はグレンタレットの34年ものにしよう」

「へえ、これは猫の絵が描かれているボトルなんですね」

「では、天国にいるチャコと、この藤田嗣治の猫に乾杯！」

「乾杯！」

『森正さんが出世するようにぼくもおそばで応援します』

「エルメス君、そうしてやってくれ。森正は、このグレンタレットのようにバランスのいい男なんだ」

「先生、いま何かおっしゃいましたか」

「気のせいだろう。猫の鳴き声でも聞こえたんじゃないのか」

51

モルトの引力に誘われてきたのは あの自然科学者だった

今夜はお客が来ないのをいいことに、マスターはノンフィクション『ニュートンと贋金づくり』（白陽社刊）を読み耽っていた。するとリンゴの実が木の枝から落ちるように、アイザック・ニュートンが突然、サロン・ド・シマジへドアも開けずに入ってきた。

「これは、これは、ニュートンさん。この本を読むまで、あなたが王立造幣局の局長になっていたなんて知りませんでした」

「英国では有名な話だがね」

「しかもあなたが、シャーロック・ホームズよろしく捕り物までしていたとは……驚きました」

「わしよりも、贋金づくりの天才、ウイリアム・チャロナーの伝記のほうが面白い。伝記作家が、みなあいつばかりに光を与えるのも納得だよ。チャロナーは地頭のいい男でね。奴を捕まえるのはじつに骨だった。もし奴が裕福な家庭に生まれていたなら、ひとかどの人物になっていただろうよ」

「確かにニュートンさんは大農園の息子に生まれたからこそ、実家の農場で木からリンゴの実が落下するのを目の当たりにできた。そうして万有引力の法則を発見したのですよね」

「まったくその通り。1666年の夏、実家のリンゴの木がたわわに実をつけていた。その実が風もなく一つ落下した。わしはふと自問したのだ。『リンゴの実はどうしてみんな垂直に地面に落ちるのだろう。横に飛んだり、上に行ったりせず、必ず地球の中心に向かって落ちるのはなぜか』――そういう力こそが引力であり、さらに宇宙全体にもおよんでいることを発見したんだ」

「大発見の〝恩人〟とも言うべき、くだんのリンゴの木は、ちゃんと保存されているそうですね。いまでも実を付け、リンゴが食べられるんだとか」

「イヴが食べたリンゴは消滅したようだが、わしのリンゴは存続しているのか。それは慶賀《けいが》なことである。だが残念なことに、英国のリンゴは料理用ならいいが、直接食べるならマスターを育てた岩手のリンゴに軍配が上がる」

「郷里のリンゴを褒めていただき光栄です。ところで17世紀のロンドンでは、どうして贋金づくりがあんなに横行したのですか」

「それは貨幣が銀貨だったからだ。銀は加工が容易で、簡単につくれた。当時、大量の偽硬貨がロンドンに出回り、英国の財政悪化が生じたほどだ」

「あなたは全力で贋金づくりの天才、チャロナーと対決した。身銭を切って情報を集め、追い詰め、逮捕して、最後は絞首刑にしますよね。その功績で造幣局の監事から一挙に長官に出世。しかも年俸がケンブリッジ大学の教授時代はわずか百ポンドだったのが、千六百五十ポンドに大幅増。そして二十四年間も長官職を務め、八十四歳まで長生きした。墓はウエストミンスター寺院にある。誰もが羨む、まさにまばゆいばかりの人生でしたね」

「ただ、一つ悔いがあってな。一度も結婚しておらんのだ。金には執着しておらんから、全財産も姪っ子にやってしまったしな。いまにして思えば、チャロナーと対峙したことが、わしの〝人生の真夏日〟だったのかもしれぬ」

「チャロナーがぶち込まれたニューゲイト監獄は、カザノヴァが子どもをレイプして収監された場所ですよね」

「もういまは存在しないが、劣悪な環境の刑務所だった。カザノヴァは『悲惨と絶望の住み家』と言っている」

「しかし、あなたもチャロナーも田舎からロンドンに出てきて、かたや世界的な自然科学者、かたや大悪党。そして運命的な対決がはじまる」

「どうも先ほどから聞いていると、マスター、君は善人より悪人のほうがよほど好きなようだね」

「そんなことはありません。小学二年生のときに童話で出会って以来、あなたのことをずっと尊敬していますし。だから今夜は、『サロン・ド・シマジ限定ボトル』を召し上がっていただきたい。特別な一本です」

「日本のウイスキー？　まさか密造酒じゃないだろうね。マスターを監獄送りにはしたくないんだが」

52

新たな生命の誕生を祝う命名の儀

今宵もまたサロン・ド・シマジにて、打ち合わせが続いている。マスターもここぞとばかり、選び抜かれたシングルモルトをカウンターに並べてあった。いずれも希少な、レアモルトばかり。しかし、担当編集者アンドウの様子がどうもおかしい。豪華なラインアップに興味を示さないどころか、落ち着きがなくずっとそわそわしている。発言にも一貫してキレがない。

「どうした？　アンドウ、今夜は全然飲まないじゃないか。酒豪の名が泣くぞ。腹でも壊したのか？」

「腹をやらかしたのはサトウです。わたしの体調は万全ですよ」

「それにしては表情が冴えないな」

この男、普段は軽く十杯はグラスを空にして帰るのだが、今日は二時間いていまだ一杯目の途中である。本人が元気と言ってもこれは異常事態だ。

「じつは、妻が臨月で。ちょうど今日にも生まれそうなんです。いま電話待ちの状況でして。近くの病院なので、連絡があり次第、すぐに駆け付けるつもりでおります」

「そうか。それはめでたい。前祝いといこうじゃないか。ちょうどいいのがある」

マスターがテーブルにドン、と置いたボトルには、妊婦の大きなお腹に顔を寄せる父親をとらえた写真入りのラベルがついていた。

「誕生や成長、結婚など人生のさまざまなシーンを切り出したラベルの連作もの〝THE LIFE〟の一つから、これはどうだろう」

「まことにタイムリーな一本……。マスターのところからは、何でも出てきますね。毎度驚かされます」

「もちろん、中身はロングモーンの37年もので濃厚、折り紙つきのモルトだ。どんどん飲め飲め。奥方の分も赤子の分も、おまえが飲むといい。お祝いだ」

「いやあ、さすがに酔っぱらって立ち会い出産に出向こうものなら、殺されてしまいます」

「大丈夫だ。そのときはわたしも立ち会おう。絶対、安産間違いなしだ」

「勘弁してください」

「そういえば、おまえの前任だったサトウもこの連載の担当になってから、奥方が妊娠していたな」

「マスターの担当になると、子宝までついてくるんですかね」

「すごいご利益だろう。毎晩、広尾の方角へ拝むがいい」

「そうします。末代までの守り神として、受け継ぎたいと思います」

「性別はわかっているのか？」

「男の子と聞いています」

「名前はどうするんだ？」

「まだ決めかねているところです」

「よし、せっかくだから名前を考えてやろうじゃないか。おまえがトモヒコでわたしがカツヒコだから、トモカツというのはどうだ？」

「……私の一存では……」

するると唐突にアンドウのスマホがブルブルと震えた。

「どうだ、ついに生まれたか？」

「それが不思議なことに、陣痛がすっかり収まってしまったようで……。今夜は生まれそうにないみたいです。気が抜けてしまいました。もっと飲んでおけばよかったかな」

「お産というものは、まったく読めないからな。わたしの時代、生まれた娘にはじめて会ったのは、誕生から一カ月もあとのことだった。週刊誌の編集者には、そんな暇がなかったんだな。そんなものだ。今日のところはもう、飲むしかないだろう」

「妻が言うには、『前触れなくいきなり陣痛が止まった』らしいんです。きっと赤子がへそを曲げたんですよ。やはり、さっきの名前が気に入らなかったんでしょう」

「それじゃあ、名前をつけ直そう。やはり、われわれから一字ずつとって、〝彦彦〟っていうのはどうだ。〝男男〟って意味だ。男の中の男、アンドウ・ヒコヒコ。なかなか変わっていていいじゃないか。すぐ覚えてもらえそうだ。決まりだな」

「マスター。今夜はぼく、おとなしく帰ります」

53

理解して別れ 仕事の相棒であり続ける 元夫婦の物語

それまでアカの他人だった男と女が結婚して所帯を構え、子どもをつくり、家族となるのはなぜなのだろう。結婚とは神がつくりし本能に近い行為かもしれない、マスターはそう考えることにしている。

マスターの場合、二十一歳から同棲してそのまま結婚生活にズルズル入り、半世紀以上の歳月が流れた。いまはもう二人は人生の〝戦友〟みたいなものである。マスターは午前中に母屋から1分もかからない仕事場「サロン・ド・シマジ」にきて、黙々と原稿を書くのが日課だ。そして夜の12時30分になると、必ずマスターの携帯が鳴る。妻からの安否確認である。「生きていますか」「大丈夫だ。もう帰る」と。夜ごと繰り返されるこのやり取りは、夫婦間のいわば〝儀式〟なのだ。

今宵サロン・ド・シマジにやってきた長谷川卓史と阿久津五代子〝夫妻〟の関係は、世にも珍しい物語である。

「わたしたちはシマジさんの著作を読んでどうしても会いたくなったのです」と阿久津が口火を切った。

「長谷川さんはお酒が弱いですが、わたしは結構イケル口です」

「その通り、阿久津さんは底なしです。でもシマジさん、今夜は不思議にぼくもスルスルと飲めます」

長谷川は大学を出て家具屋の家業を継いだが、二十億円の借財を抱えて倒産。ボロボロの人生のどん底で出会った女が阿久津だった。「わたしが磨けばこの男は必ず光る」と確信した阿久津は、両親の反対を押し切り一気に結婚へと踏み切った。

二人の共通点は結婚式場の司会業であった。長谷川は大学時代からアナウンス同好会に入っていた。二人は手に手を取り合うように結婚し、ほどなくして二児のパパとママになった。

長谷川と阿久津がはじめた会社も軌道に乗りはじめた。極貧の生活に戻りたくなかった二人は、思いつくことを片っ端から実行に移していった。たがいを顧みず、それぞれのやり方を貫いていく長谷川と阿久津。業績は上向き、会社は大きくなっていったが、長谷川と阿久津の間には溝ができはじめていた。妻となり、ときに母親のような役割を演じている阿久津が自分から去っていくことは永遠にない、という前提が長谷川を支えていたのだが……。

阿久津は、長谷川とはまったく違う人生へ踏み出しはじめていたのである。準備万端怠りなしの精神で仕事を次々とこなし、しかも女としても生きていきたいと思っていた阿久津は離婚を切り出した。まあ程度の差こそあれ、ここまでは世に枚挙にいとまがない話だろう。阿久津は、その後、別の男と結婚し出産している。

男と女は誤解して愛し合い、理解して別れるもの。長谷川と阿久津の場合は、理解して離婚したが、相変わらず仕事の〝相棒〟である。夫婦としてはやっていけないが、ビジネスパートナーとしてはやっていける。この一点については、両人とも同じ認識だった。

二人の会社、ハセガワエスティは隆盛に向かい、いまや二百八十一名の司会者を抱える規模に。長谷川が会長、阿久津が社長として会社を切り盛りする。

阿久津の新しい夫も、二人の関係を理解してくれた。三人の大人と三人の子どもという組み合わせで、よく旅行に出かけることがあるほど。いまも、二組の家族は目と鼻の先に居を構える。阿久津は両家の〝母親〟として、双方を行きつ戻りつ立派に仕切る毎日だ。

「珍しいケースだね。たがいを『さん』呼ばわりしているのも、新鮮さがある。二人は事業のパートナーとして、切っても切れない仲なんでしょう。長谷川さんはその後、再婚はしていないのですか」とマスター。

「あまり女性には興味が持てなくてね。いま子ども二人と住んでいますが、阿久津さんがしょっちゅうウチにきてくれますので助かります。いまがこの世の春ですかね」

「別に長谷川さんはゲイではありませんが、女装が得意なんですよ。仕事にもしているくらいです」

「えっ」

54

挙式で笑わせ別れに涙する稀代の花魁

前のエッセイに登場した、離婚後も仕事のパートナーとしてブライダル関連事業を切り盛りする長谷川卓史と阿久津五代子。世にも不思議な元夫婦の物語が続く——。

「長谷川さんは、〝お福〟という妖艶な花魁に変身する芸の持ち主なんですよ」と、慈母のような笑みを浮かべて阿久津は続けた。

二人の会社ハセガワエスティ名物、花魁のお福。長谷川会長自ら演じるお福の突然の登場は、ウェディングパーティに幸福な笑いの渦を巻き起こす。お福さんの妖艶な美しさに、参席者は誰しもみな、うっとりするのだ。

お福は、一朝一夕の芸ではない。長谷川はこの稀代の花魁に変身するため、一流の着付けから化粧の仕方まで、歌舞伎役者や芸者に直接門を叩いて習った。カツラから着物まで自前だが、ウン百万円はかかっている。まさにこれはアートの世界である。お福にはじめて変身したとき、長谷川は会社が倒産して人生のどん底にいた。現実から逃避するための変身願望だった。いまやお福さんはハセガワエスティが仕切る結婚式には欠かせないキャラクターとなった。数ある結婚式のメニューのなかでも、お福への出演依頼が群を抜く。特別な料金を支払っても、である。

かつて、ハセガワエスティの仕切りで華やかな結婚式を挙げた一組のカップルがいた。もちろんお福さんの演じる華麗な踊りが、二人のハレの日を祝った。新婚旅行のローマの旅先から長谷川に礼状がきた。ヴァチカンの絵葉書には「いまでもお福さんの美しさが忘れられません。わたしたちの幸せがお福さんに守られているようです」とあった。そのとき長谷川は、本当にお福さんの気持ちになって感激した。

ところがちょうど十年の歳月が流れたころ、夫から一通の沈痛な手紙が届いた。

「愛する妻はいま癌になり余命幾ばくもありません。長谷川会長、彼女の願いを聞いてくださいませんか。わたしたちの幸せに包まれていた結婚式と同様に、妻の葬儀の司会をお願いしたい。そして最後にお福さんの華やかな姿もみせてあげたいのです」

という内容だった。

まさに人生は恐ろしい冗談の連続である。あれほど相思相愛の二人に、どうして早すぎる決別を強いることができるのか。長谷川は天を仰いで神に問うた。ほどなくして、訃報が届いた。長谷川にとって、しめやかな葬儀の司会ははじめてのこと。締め付けられるこころを鼓舞して、不慣れな司会を何とかやってのけた。今度は急いでお福に変身して、亡きあの美しかった奥方を送る。喪服のお福さんの大きな目には、涙がいっぱいにあふれていた。

三人がしんみりしたところで、阿久津が明るく言った。

「マスター、この大きな額に入っているのは何の絵ですか？」

「これは写真です。わたしの小中の同級生、岩淵正巳がリンホフを使って須川岳で撮った傑作です」

「長谷川さん、この写真を会社に飾りましょうよ。素敵。気に入りました」

「まったくのアマチュアカメラマンが撮影した自然の風景ですが、三部作になっています。伊勢丹のサロン・ド・シマジで展示販売していますよ」

「阿久津さん、ぼくは毎週末お福で忙しいから、代わりに伊勢丹に行って三部作買ってきてくれませんか。マスターのセンスならみなくてもわかります。会社に飾りましょう」

「ありがとうございます。じつは岩淵、いま癌と闘っている真っ最中なんです。もう展示して半年以上経ちますが、いままで売れなかった。この朗報をすぐ岩淵に伝えます。きっと癌もよくなると思います」

その週末、阿久津社長は長谷川会長の命を受けて伊勢丹メンズ館八階のサロン・ド・シマジに姿を現した。バーでスパイシー・ハイボールを一杯飲むと、阿久津はマスターの案内で三部作の写真を買った。それから、ガロのアンダーパンツを二枚選んだ。一枚はいまのハズバンドのために、もう一枚は長谷川会長のために。

55

生の肌身に直接着るシャツの質感は男のお洒落の醍醐味である

マスターの趣味のひとつにシャツがある。生の肌身に直接着るシャツの質感、その気持ちよさを知ることは、男のお洒落の醍醐味の一つだ。

マスターが愛用しているのは、ノーアイロンを提唱しているイタリアの名ブランド、サルバトーレ・ピッコロ。大のお気に入りで、季節を問わず着ているシャツだ。もちろん新宿伊勢丹のサロン・ド・シマジ分店でも売っている。シャツのシワの美しさがセールスポイントのサルバトーレ・ピッコロは、天才的なシャツ職人だなと常々感心していた矢先、サルバトーレ・ピッコロ本人がひょっこりサロン・ド・シマジの広尾本店に現れた。

名（ピッコロ＝小さい、の意）は体を表す。小柄なこのシャツ職人は広尾のセレクトショップ、ピッコログランデの夫婦に案内されてやってきた。まだ三十五歳の若さという。ピッコログランデでこれまで三十着以上サルバトーレ・ピッコロの既製品を購入している日本人の存在を知り、マスターに直接会ってみたいということになったらしい。

ナポリ人独特の人なつっこさで会話がはじまった。十五歳からシャツ職人に身を投じたサルバトーレは、シャツ職人のマンマのそばでシャツの製法をじかにみて学び、十八歳で自らの名を冠したブランドを立ち上げた。

はじめはビスポークのシャツを手がけた。すべて手縫いを基調とするサルバトーレ・ピッコロのシャツは、瞬く間に世界のＶＩＰの間で評判になった。顧客にはオペラ歌手のホセ・カレーラスを筆頭に、ニューヨークのサザビーズの会長、カタールの王様もいる。彼らから気に入られ、毎回二十着ずつ夏と冬に注文を受けるのだ。

カタールの王室に招聘されたとき、マンマと一緒に参上した。王様の巨大な身体を測ると、直ちにサルバトーレは持参した生地をハサミで裁断し、用意してもらったミシンをマンマが使って、親子で三時間かからずシャツを縫い上げた。王様はとかく気が短い。完成したばかりのサルバトーレのシャツに手を通すと、王様は大満足の笑みを浮かべて、生地と色を変えて二十着のシャツをその場で注文した。

サルバトーレ・ピッコロでは、年間二万着以上のシャツを世界に出荷している。もちろんすべてハンドメイド。サルバトーレは二十三名の職人とともに、一カ月二千枚弱のシャツをナポリの工場でつくり続けている。うれしいことに、日本が最大の市場なのだ。

マスターが若いときに日本のシャツ職人・アンディと合作した、背中に大きなスリット入りのサファリタイプの古いシャツをサルバトーレにみせた。彼は目を輝かせて、「これは面白い。これをヒントに改良版をわたしにつくらせてくれないか。〝シマジ・スタイル〟と命名して世界の市場に売り込みたい。このスタイルは、ホセ・カレーラスもカタールの王様もサザビーズの会長も気に入ってくれるはずだ。明日ナポリに帰ったら、すぐ試作に入ろうと思う。マスターのサイズで東京に送るから、感想を正直に聞かせてほしい」と言うではないか。もうすぐこのユニークなシャツが、伊勢丹のサロン・ド・シマジに並ぶことだろう。

サルバトーレは、自分のシャツを売っている店を訪問するのが好きだ。バイヤーの意見より、店で直接買ってくれるお客さまの感想を重んじる。だから年に二回来日して、数々のお得意さまを巡る。今回、伊勢丹のサルバトーレ・ピッコロのブースも、もちろんサロン・ド・シマジ分店にも寄った。そこにはマスターが愛用しているサルバトーレ・ピッコロが並んでいた。三十五歳の天才シャツ職人は、やはりどうしてもサロン・ド・シマジのマスターにじか当たりしたくなったのだ。

「そうだ、サルバトーレ、お願いがある。シャツと同じ生地でパジャマをつくってくれませんか。あなたのシャツを脱いだあとも、同じあなたのパジャマを着て眠りたい」

「喜んでおつくりしましょう。その代わり、古いマッカラン10年を飲ませていただけますか」

56

脳髄を揺らす報道写真に酔いしれる午後

タッチャンこと立木義浩巨匠が広尾のサロン・ド・シマジに突然現われた。

「恵比寿ガーデンプレイスの東京都写真美術館で催されている『世界報道写真展2013』をみて、興奮覚めやらぬまま自然とここに足が向いたんだ。シマジは絶対いると踏んだら、やっぱり営業しているじゃないか」

「どうしてわかったの」

「二週間のスコットランド取材があると言っていたろう。だからいまごろ、ヒーヒー言って原稿の書きだめをしているにちがいないと思ったのさ」

「なるほど、見透かされていたわけだ」

「『世界報道写真展』は毎年みているけど今年のは特に悲惨だった……」

マスターも『世界報道写真展』を必ずみに行くことにしている。じっくり鑑賞すれば、新聞やテレビをみずとも、世界の動きは十分わかる。

「会場の入り口にあった、ガザ地区の葬列の写真が圧巻。子どもの遺体を抱く男が二人いて、一方の顔は怒りに燃え、もう一方は悲しみにくれている。あの対照が凄まじい。そして彼らに続く男たちの群れの表情が胸を打つ」

「シャッターチャンスが凄い。先頭に立ってレンズを向けたのだろうか」

「なんだかカメラマンみたいな感想だな、タッチャン。あれはイスラエルから飛んできたミサイルで犠牲になった、パレスチナの子どもたちだ。一枚の写真が状況をすべて語っている」

「女の姿が一人もないのが、恐ろしさを増しているな」

「音声ガイドが言っていたが、あれはいまからモスクに行く葬列にたまたまカメラマンが出くわしたようだね」

「光が斜めに差して、写真に凄味が増しているな。ああシマジ、いやマスター、何か酒をくれ。と言っても、ここはシングルモルトしかなかったっけ」

マスターが取り出したのは、ザ・マッカラン。12年ものだ。

「マスター、あまりに普通すぎやしないか……おや、ラベルが違う。トリコロールカラーのマッカランだと?」

「これはフランス革命二百周年を記念したスペシャルボトルだ。かの革命のときもおびただしい量の血が流れた。その血ぬられた歴史の上に、花の都は現在の隆盛を築いた。いま紛争や災害で苦しむ人々を同列に語るわけじゃないが、災厄の先に希望がある、そこに引っかけてこのボトルをタッチャンに薦めようと思ってね」

喉がよほど渇いていたのか、あっという間にグラスは空になった。燃料注入で、さらに饒舌になるタッチャン。

「不穏なシリアの写真も多かったね」

「父の遺体にすがり泣き叫ぶ少女の写真は、悲鳴が聞こえてくるようだった」

「夫と二人の子どもを殺された現場に立ちつくす母親の、言いようのない切ないアップの表情が、いまのシリアの現状を物語っている」

「彼女自身の顔や手に血痕がいっぱいついていたのが印象的だった。アサドは何をやっているんだ」

「暴徒に石をぶつけられてショーウインドーに大きくヒビが入った瞬間、店のなかで絶叫する女性の表情をとらえたシーンも凄まじかった」

「ローマ郊外の林で、不法滞在中のナイジェリア人娼婦たちが即席のベッドで商売する姿もインパクト大だった」

「アオカン売春だものなあ。アラーキーだってこれにはビビるはずだ」

「もうひとつ、ベトナムが平和になった証拠写真もよかった。2012年からベトナム政府は同性婚を認めた。年齢もさまざまな4組のカップルの写真は、それぞれの幸せを活写している」

「シマジがいままで何年もみてきていちばんの傑作と思った写真は何だ」

「あれは数年前かな。一見、普通の男が両足の義足を外して飛び込み台の脇において、そのままプールに飛び込む瞬間の写真だった。それがじつに見事なダイビングなんだ。脚は腿の下からないんだよ。どうして飛び込めたのか、どうして泳げたのか、どうして上がってこられたのか……想像というか妄想が止まらなくなったんだ」

「へえ。いい女をみたときのおまえの頭のなかと同じじゃないか」

57 お見合い界に燦然と輝く三百五十回の金字塔

世のなかには、こちらの想像を遥かに超える面白い体験をした人がいるものだ。三百五十回ものお見合いをしてきた秋山義人は、新宿伊勢丹のサロン・ド・シマジに足繁く通う常連の一人である。

彼は世田谷の一等地にある豪邸に生まれた。山の手の上流社会にはいまなお、お見合いのしきたりが残る。親戚の叔母ちゃまたちが躍起になって、結婚相手を探してくれた。しかし、何事もそうそううまくは運ばないものだ。秋山が結婚したいと思う相手からはノーと言われ、相手の女性が乗り気のときは、秋山のほうで拒否しているうちに、彼は還暦を迎えてしまった。人生は、まさに光陰矢のごとしなのである。

秋山は上質なインテリで、サロン・ド・シマジに来た外国人と流暢な英語で話す。チリの作家、ロベルト・ボラーニョの大長編小説『2666』の話題が出たときには、「マスター、あの本の邦訳は六千六百円もする。私は英訳を千四百円で買い読んでいます」と涼しい顔で言ったものだ。

秋山は聡明な母親と、ふたりで暮らしている。母の日だったその日、母親が秋山に訊いた。

「今日が何の日か知っていますか」

「何の日だったでしょうか」

「今日は母の日ですよ」

「ぼくにとっては、毎日が〝母の日〟ですから改めて祝う必要はないですね」と義人はさらりと言った。

「私も毎日が〝こどもの日〟と思っています」

この母にしてこの子あり。秋山親子はユーモアの達人同士なのだ。サロンの客の一人が、「名古屋に一人で暮らす母へ、母の日に届くよう豪華な花束を贈った」とカウンターにいた客たちにスマホの写真を自慢げにみせた。すると秋山は「その写真をメールで私にもらえますか。母にそれを転送すれば、少しは機嫌がよくなるかも」と太いシガーから大きな煙を吐いた。八十八歳の元気で賢い母は、スマホを悠々と使いこなしている。

「秋山さん、お見合いでいちばん困ったのは？」と居合わせた客が訊いた。

「相手の父上が同席したときですかね。その人は一流会社の専務でして、まるで面接のごとく矢継ぎ早に質問してくるんです。東京會舘のフランス料理店での夜のお見合いで、高いワインとサーロインステーキをこなしながらの父親の質問攻め。肝心のお嬢さまとは、ほとんど会話が出来ませんでした。こちらは母と仲介役の叔母と私の三人、あちらは娘さんと母親と憎き親父の三人だったので、合計六名の豪華なディナー代を払わされたのです」

秋山だっていまはなき長期信用銀行のエリート社員であったのだが、結局、親父面接で見事に落とされ、食い逃げされてしまったのである。

「普通、お見合いは休日のランチタイムが多い。そして食事のあと、将来結婚するかもしれない男女が日比谷公園あたりを散歩しながら互いに品定めするのですが、その日は夜だったので二人きりにもなれずじまいでした」

「生意気なお嬢さんもいたでしょう」とあるお客が水を向けると、秋山は遠くをみるように遥か昔を思い出しながら言葉を継いだ。

「大手航空会社のキャビンアテンダントの女性でしたか。わたしが彼女に『いままで海外のどこへ行きましたか』と訊きますと『わたくし、個人的にも旅行が大好きなので、世界中のすべての国を旅してきましたの。残すところは天国かしら』と言う。そこで、私はユーモアのつもりで『いやいや、地獄もあるでしょう』とつい言ってしまったのです。これですべてが終わりました」

「おれは野合専門だったけど、一度くらい深窓の令嬢とお見合いをしてみたかったね」とマスターが羨ましそうに言うと、秋山は寂しそうにこう返した。

「お見合いは男のほうだけがお金がかかり、不毛に終わるとじつに虚しいものですよ」

しかし、である。三百五十回のお見合いという、ほかに類をみない大記録をつくった男だ。秋山義人は、素敵でロマンティックな愚か者に間違いない。

58

お見合いの達人は知的ゲームの匠でもあった

三百五十回もお見合いをした奇特な男、秋山義人のおかしな話は続く。サロン・ド・シマジの常連のひとり、すたすた坊主が秋山に鋭く質問した。

「秋山さん、いままでのお見合いで、あなたがいちばん結婚したいなと直感した女性はどんなお方ですか」

誰もが聞いてみたかった話だ。

「一度だけ強烈な体験がありました。それは……花嫁候補のお嬢さまと一緒にいらしたお母さまでした。その美しい仕草から優雅な物腰まで、すべてに魅せられてしまったのです。この典雅にして妖艶なお方と結婚できたらどんなに幸せだろうと思い耽ってしまい、肝心のお嬢さまとの会話はまったく上の空。お母さまの黒く濡れた目のなかへ、何度も吸い込まれそうに……。いまでもふと思い出すことがあります。母娘はふたりともお着物でしたが、着付けの格は母親のほうが上でした」

「秋山さんは何歳だったのですか」

「わたくしは二十五歳くらいで、お母さまは四十代半ばだったでしょうか」

「ちょうどそれはそれは美味しそうな完熟のマンゴと、まだカチンカチンの未熟なマンゴが二つ並んでいたみたいだっただろうね」と、マスターはすかさずチャチャを入れた。

　顔色一つ変えず、秋山は続ける。

「そうだ、マスター、わたしにはもう一つ変わった趣味がありました」

「どんな趣味なの」とマスター。

「それはわたしの知的正義感が現れて、突然クレーマーになるんですよ」

「秋山さんのような透徹《とうてつ》した頭脳の持ち主に文句を言われたら、相手がビビるでしょう」と、パリに六年間留学した辻村ヨシキが秋山に誘い水を向ける。すると待ってましたとばかり、秋山は喜色満面になって語りだした。このクレーマーはことのほか明るい。

「ある日、地下鉄に乗ったら、車両全部にブラジャーと胸の谷間が露わな、トリンプの車内広告が掲載されていた。新宿で降りメトロプロムナードを歩いていたら、今度は数十メートルにわたり同じブラの全面広告に遭遇したんです」

秋山はすぐにメールでトリンプにクレームした。

『おたくの車内広告は目のやり場がない。みていればスケベ親父と思われるし、歩いているので目をつぶるわけにもいかない。新宿地下街を歩くと壁面一面にブラの広告写真があるが、もしじっとブラの広告をみているところを知人にみられたら、恥ずかしいではないか』

間をおかず、トリンプの担当者からお詫びのメールが届いた。

『社内でも車内広告の写真がわいせつかどうか吟味し、問題ないとの結論に達しておりました。ただ、おっしゃることはよくわかります。不快感を与えてしまい申し訳ありません』

メールの翌日、メトロプロムナードの広告は全部撤去されていたという。

「モデルが妖艶なお母さまだったら、秋山さんはそんな文句をつけなかったんじゃないですか。ただブラだけ強調された写真だったからイライラしたんでしょう」とマスターがまたからかったが、秋山は聞く耳をもたなかった。

「ＮＨＫのサッカー中継で『ボールをスラシた』という表現を以前使っていましたが、

ある時期からピタッと止めたのはわたしの功績です。『スラス』というのはどうもボールを後ろに送る動作の意味らしい。ボールを『擦ってずらす』表現からきていたようです」

ＮＨＫに送った秋山の知的クレームのメールはこうだった。

『スラスという日本語はどこの辞書にも載っていません。間違いでは？』

早速ＮＨＫから返事があった。

『ご指摘の通り。今後サッカー中継が増えます。ＮＨＫでは間違った日本語を使用しないように徹底させます』

確かに、その後ＮＨＫのサッカー中継で「スラス」を聞いたことはない。

最近、秋山が電車で所沢に行ったときのこと。東京メトロ副都心線内区間では車内掲示が〝The next stop is XXX〟で西武池袋線では「is」が「will be」に。知的秋山は思わずのけぞった。西武線のみなさま、秋山義人からそのうちメールがいきますよ。

59

シマジに会いに毎月来日するフランスの貴公子がいる

新宿伊勢丹のサロン・ド・シマジは、昼夜問わず国際的な雰囲気に包まれている。その象徴的存在がソウル在住のフランス人、ペンちゃんだ。

サロン・ド・シマジへ訪れるためだけに月に一度は来日する、大事な常連である。幸いにして、サロンの常連にフランス語がペラペラの男がいる。六年間パリに留学していた辻村ヨシキだ。〝辻村通事〟を介し、ペンちゃんと常連たちの熱い文化的な会話が弾む。

育ちのいい端整な顔をしたインテリで、フルネームに「ド」が入っているから本物の貴族らしい。さらに、少し浅黒い肌が何とも言えずセクシーなのだ。インド洋に浮かぶ、モーリシャス島出身の父親の血のなせる業か。それはちょうどマスターの大好きな、アレクサンドル・デュマを彷彿とさせる。

趣味は何かと訊けば、ペンちゃんは時間の許す限り日本の古城を見学するのが大好きらしい。そして無類のシングルモルトとシガー好きである。先日もイチローズ・モルトの26年もの「サロン・ド・シマジ・スペシャル」を何杯も飲み干した。よほど気に入ったようで、買って帰ろうとしたがあいにく予約完売の品。タイミングが悪かった。

「マスター、日本のシングルモルトでいちばん美味いのは何ですか」とペンちゃん。

マスターは「それはミズナラ樽の山崎でしょう」と断言した。

「ミズナラ樽で熟成した山崎は、最初は白檀の香りがして、アフターノーツは桃のような香りがする」

「それはいくらで買えますか」

「五万円はするでしょう」

「ここにはないんですか」

ペンちゃんは好奇の目をキラリと光らせた。

「このシガーバーにはリーズナブルなシングルモルトしかありません。シングルモルトは一杯八百円で、コーヒーはホットとアイスが二千円、紅茶はシマジ・オリジナル・ブレンドをホットとアイスが一杯千五百円で売っています」

人気者のペンちゃんに、すたすた坊主こと山口長老が十二枚の格言コースターを額装してプレゼントしたことがある。マスターが長年培ったアフォリズムを、軽妙にフランス語訳した特別版だ。翻訳は、辻村通事が軽いアクビをしながらやってのけた。ペンちゃんはそれをフランスにある豪邸のリビングルームに飾りたいと、満面の笑みを浮かべて言った。

ペンちゃんは結構なお金持ちらしく、よくサロン・ド・シマジのブティックで買い物してくれる。この間も日本が誇るサスギャラリーの真空チタンカップを四個も買った。これは保温効果に優れたカップで、普及モデルと高級モデルがある。前者は一万五千円、後者は三万五千円。ペンちゃんは迷うことなく、高級モデルを選んだ。

「よく冷えたシャンパンを、これでゴクゴク飲みたい」

ペンちゃんの華麗なる欲望であった。

人生で重要なものは運と縁、そしてセンスである。ペンちゃんはかなりの目利きだ。サロン・ド・シマジのブティック・セクションに陳列されている手づくり腕時計、その名も〝サロン・ド・シマジ〟も見逃さなかった。しかも、常連のヤマグチ、アキヤマ、モリマサ、ツジムラ、そしてマスターとペンちゃん自身、計六名の顔写真を時計のフェイスに入れたいと要求したのである。

マスターは時計職人の増田精一郎に電話を入れた。二時間もしないうちに増田がバーに現れた。ペンちゃんは別料金を支払うからベルトをエイの皮でつくってもらいたいと、さらに頼み込むのであった。ブツブツのエイの皮がいま世界的に大流行していることを、ペンちゃんはちゃんと知っている。

マスターがいちばん驚いたのは、日本語を読めないはずのペンちゃんが処女作『甘い生活』を買ってくれたことである。ペンちゃんは胸を張り言った。

「死ぬまでに必ず読めるようになりますから、待っていてください」

やはり何よりも尊いのは友情である。マスターが快く三途の川へ送り出してもらえる日は、まだまだやってきそうにない。

60 "空耳英語"は耳で憶えたリアルな英語だ

「納豆、密輪！　家中、大工と強盗でんなぁ」

いきなりワケのわからない言葉に驚かれたかもしれないが、これはマジメな英語研究の話である。

先日、わたしの万年筆の師匠である足澤公彦が、中学二年の息子ダイスケを連れてサロン・ド・シマジにやってきた。以前に登場した巨漢の男である（174ページ参照）。日ごろから万年筆の手ほどきをしてくれる足澤の息子を、マスターは丁重にもてなした。足澤には、グレンフィディック19年を。未成年のダイスケには、マスターが最近密かにハマっているベジターレ・トマトクリスタルを薦めた。これは、トマトの滴を、フィルターで一滴ずつドロップしてつくった高級トマトジュースで、トマトの青臭さは、まったくない。まさにトマトのエキスだけが入ったシングルモルト顔負けのシャンパン・ボトル・スタイルの一本である。

さて、ダイスケは、千葉市立花園中学校に通う非常に優秀な少年である。今年の夏休み、百四十八人の応募からわずか四人のなかに選ばれ、千葉市国際交流協会の研修生として千葉市の姉妹都市ヒューストンに約二週間派遣された。海外研修におけるダイスケの研究テーマがじつにおもしろい。「体験！　通じるか？　〝空耳英語〟」と題した、雑誌顔負けの名企画を、カラダを張って遂行してきたというのだ。

「たとえば〝See you again〟をカタカナ英語で発音するより、日本語で〝親友はゲン！〟と言ったほうがネイティブには通じるのではないかと思ったんです。ぼくは昨年まで歯列矯正をしていましたが、歯にギプスをしていたせいで英会話の発音練習もままなりませんでした。そこで、何か策はないかと考えていたときに、面白いくらい通じる話し方をみつけたんです。それが空耳英語でした」

マスターは、生まれながらのドモリで、カ行とタ行の発音に弱く、別の言葉に言い換えることで日本語力を鍛えてきた。ダイスケも、不便を味方につけて、この素晴らしいテーマを思いついたのだ。研究は結論に辿りつくことが重要なのではない。豊かな発想力で、ユニークなテーマをみつけることが難しいのだ。

日本語英語の元祖は、ジョン万次郎である。1841年に、乗っていた漁船が嵐で難破。漂流ののち運よくアメリカの船に助けられ、外地で英語を体得した男である。巷間有名なものは「掘ったイモいじるな？（What time is it now ?）」だが、ほかにも例文はたくさんある。例えば、冒頭の一文だ。これは「納豆、密輸！（Nice to meet you !）」と、「家中、大工と強盗でんなぁ（Would you like to go to dinner ?）」。つまり、「はじめまして。ディナーでも行きませんか？」となる。

ダイスケは、文献で調べた空耳英語、そして自分でつくった例文を、ヒューストンのポスト・オーク・スクールの先生三人と生徒三十人に聞いてもらい、通じるかどうか実験した。

「まず、定番の『掘ったイモいじるな？（What time is it now ?）』は、一発で全員に通じました。そして、『アベックはやっぱりうどん？（I beg your pardon ?）』も、ほぼ全員が理解してくれました。『親友はゲン（See you again）』も、面白いくらい通じましたね」

マスターは外国文学を原書で読みたいという理由だけで英語を学んだ。だから解読することはできるが、スピーキングは苦手だ。だが、ダイスケの特製〝空耳英語〟辞典があれば、外国人のフルボディの女も口説けそうな気がしてきた。ダイスケのリストから引用するならば「サルは大豆？（Shall we dance ?）」が使えそうである。

「マスター、悪用はやめてください。息子の研究はマジメなものなんですから」と、父の足澤にクギを刺されたが、ときにスケベごころが学問の原動力になることも、賢いダイスケならわかるだろう。

ダイスケは「幅、無いっすね！（Have a nice day！）」と言って、元気に帰って行った。

61

ヒモこそが文化を育てる素敵な男である

人生の幸せって何だろうか。汗水流して貯めた大金のなかに埋もれていても、人は決して幸せにはなれない。いちばん幸せなのは、無職であることを天職と思えることではないだろうか。そんなことを考えながらシガーを燻らせていると、サロン・ド・シマジに、シガー販売サイト「シガーダイレクト」を運営するタケダとキリタに連れられ、一人の男が入ってきた。〝ヒモ王子〟を自称するモロちゃんである。

ヒモといえば、マスターは若いとき『週刊プレイボーイ』の編集者として銀座のホステスやソープランド嬢のヒモを取材した。総じて彼らは青白いイケメンで、目が猟犬のように不気味に鋭かった。ところが目の前にいるヒモ王子は、ハゲでチビでデブである。女にモテない条件が三つも揃っているのに、モロちゃんは定職に就かず、ずっと女に喰わせてもらっている。現在は、十八歳のときに巡り会った運命の妻と一緒に暮らしているが、二人の大きな娘もいるのにもかかわらずヒモである。結婚するとき、肝っ玉の太い女房は、「あなた一人くらい養ってあげるわよ」と、タンカを切ったそうだ。

「庭のウッドデッキで太いシガーを一本ゆっくり吸い終わると、明日は何を吸おうか……と考えるんです。そうすると明日が愉しみになり、希望が湧いてくるのです」

モロちゃんは、コロリとした目を輝かせながらそう言った。彼が女にモテるのは、きっとこの愛くるしい目なのだろうとマスターは直感した。

「妻の仕事は、フォークリフトの操縦です。以前はペットのトリマーをやっていました。だからウチには犬と猫がそれぞれ二匹おります。上質な葉巻を吸うと犬たちが喜んで寄ってきますが、逆にマズイ葉巻を吸うと逃げて行きます。嗅覚はもちろんのこと、香りに対するセンスも人間以上に優れてるんでしょう」

そう軽快に話しながらユラユラとシガーの煙を燻らせるモロちゃんは、ヒモのくせに浮気もする。そして、女と付き合い出すと奥さんに、友達だと言って彼女を紹介するという。彼女に会いに行くときに、友達に会ってくると堂々と出かけられるから楽なのだそうだ。凡夫は妻に対して何でも隠したくなるものだが、モロちゃんはその逆張りをやっている。ヒモには、それくらいの強靭な心臓が必要なのだろう。真心は家庭に置いて、遊びごころを持って彼女とデートするのだ。

「以前、ボディピアスの仕事をしているフルボディの彼女がいましてね、何かのイベントのときは、盛り上げてあげようと僕が実験台になってあげるんです。耳に穴を空けてもらったのがピアス初体験でした。いまは耳だけにしかつけていませんが、以前は両耳に六カ所、眉と鼻、そして乳首に一カ所ずつつけていました。乳首につけたときは大変でしたね。全身が強烈な性感帯になって、布団をかけた途端、「アッアッ！」と喘いでしまうんです。まるで全身が魔羅状態になってしまったので、これはマズイと彼女に外してもらいました。ヒモは自分ではなく、女性を感じさせなきゃいけないんです、ハイ」

社会でリストラに怯えながら働く男たちは、この呑気なヒモ王子に怒りを感じることだろう。しかし、ヒモを恥じることはないとマスターは思っている。シバレンこと柴田錬三郎さんは偉大な文豪だったが、地道に働き大成したわけでは決してない。先祖は家老で、夫人は名家の出身。その夫人の兄であるフランス文学者の齋藤磯雄は四十歳を過ぎるまで定職に就かなかったくらいだ。はっきり言えば、シバレンさんも、夫人のヒモになってダンディズムを追求し名作を生みだしたのだ。

誤解を恐れずに言ってしまえば、汗水流して日銭を稼いでいては、真の文化的な人生は送れない。凡夫は〝どうやって生きるか〟を考えるが、ヒモは〝何をしたら楽しく生きられるか〟という思考を持っている。だからこそ道楽（文化）を追求することができるのだ。マスターは、モロちゃんみたいなヒモが、文化を育てると思っている。

62

忘れられないカレンスキンクの タラの風味

カレンスキンクというスープをご存じだろうか。これはスコットランド特有の素朴なスープである。タマネギとジャガイモ、そして燻製したタラの身を牛乳で仕込んだスープで煮込んだもので、スモーキーな香りを醸しているのが特徴だ。スコットランドではどこのパブやレストランでもメニューにある定番のスープだ。おそらく家庭料理の部類に入るものだろう。

2013年の9月、担当編集者のサトウとカメラマンのウダガワと三人で、スコットランドはスカイ島にあるタリスカー蒸留所を訪れた。蒸留所内で手づくりのランチをご馳走になったとき、このカレンスキンクが出てきたのである。その美味さに感動した。それからスコットランド滞在中、わたしたちは毎日カレンスキンクを啜ったのである。

まだ9月だというのにスコットランドは日本人にとって肌寒く感じられた。しかし、スコットランド人は短い夏の終わりを惜しむかのように半袖半ズボンの出で立ちであった。これは体温の違いからくるようだ。風邪気味な日本人の留学生が病院に行っても、体温が37・5度くらいでは、医者は「平熱です。大丈夫です」と軽いアクビをしながら言うそうだ。欧米人の平熱は平均37・5度くらいらしい。だから想像するに猫舌はいないだろう。猫好きなマスターは極端な猫舌でラーメンが苦手である。冬でも中華料理のシェフに頼んで冷やし担々麺を食べているくらいだ。だが、カレンスキンクだけは、舌をヤケドしながらも夢中で啜った。

スカイ島に滞在したあと、わたしたちはスコットランド本土にやってきた。シングルモルトの聖地スペイサイド地方でも必ず一日一回はカレンスキンクを食べたのだが、やはり、いちばん美味かったのはタリスカーの蒸留所で食べたものだった。タラの燻製の仕方が秀逸だったのか。周囲が海に囲まれているスカイ島のタラが新鮮だったのか。とにかく絶妙な塩気とスモーキーな香りのバランスが素晴らしかった。

スコットランドの海岸線では、冬になると夜の北海が荒れ狂い、岩場にたくさんのタラが打ち揚げられるらしい。同じ話をスコットランドの名門ゴルフ場ターンベリー・ゴルフクラブのキャディから聞いたことがある。海に張り出した名物ホールのグリーンにさしかかったとき、キャディが言った。

「冬は厳しい寒さがやってくるので、一般のゴルファーは誰もプレイしないんだ。そんなときは、おれたちキャディや物好きの若者がプレイするのだが、いちばんでスタートしてこのグリーンにやってくると、前夜の嵐で海から打ち揚げられた何匹ものタラがここに転がっているんだよ。それを拾って帰り、家で燻製にして食べるんだ」

いま思えば、彼らはその燻製したタラでカレンスキンクをつくったのだろう。どこの国にも体が温まる定番のスープはある。日本の東北地方のイモの子汁、フランスのポトフ、ロシアのボルシチもそうだ。そして、それぞれその土地の酒と相性がいいように、カレンスキンクにはウイスキーがよく合う。特に、ブラックペッパーを振りかけたタリスカー10年のスパイシー・ハイボールを飲みながら啜るとたまらない。マスターはわざわざブラックペッパーを詰めたプッシュミルをスコットランドまで持参した。タリスカーのソーダ割りの上にかけながら、ついでにカレンスキンクのスープの上にもかけた。

東京でスコットランド料理を出す店は東京・南青山にある「ヘルムズデール」である。ここにはキッパー（ニシンの燻製を焼いた料理）もハギス（羊の内臓を羊の胃袋に詰めてゆでた料理）もある。しかし、残念ながらカレンスキンクはなかった。あの味が恋しくてたまらないわたしは、ぜひカレンスキンクをつくってくれるように頼んだ。しかし、ジャガイモがゴロゴロ入ったこのスープは確実に太るので要注意である。カレンスキンクを二週間ほとんど毎日食べていたら三人とも3キロ以上も体重が増えていた。スコットランド人が総じて恰幅がよいのも理解できるというものだ。

63

"天才"に大学教育は無用である

世のなかには生まれながらの天才がいる、と常々から考えているのだが、富田拓朗はまさにそういう男である。もしモーツァルトが現代に生まれていたら、きっと馬鹿らしくて芸大には入っていなかっただろう。おそらく高校時代にはすでに優れた楽曲を発表して世間を驚かせていたにちがいない。だいたい大学というところは凡庸な才能の持ち主が行くところではないだろうか、とマスターはタクローに会うたびに思ってしまう。

タクローはマスターより三十歳若い四十二歳であるが、コードクリード代表取締役

ＣＥＯをはじめ、二十数社にも及ぶ企業の大株主である。そのなかには、いまをときめくコーヒー専門店「ミカフェート」や、銀座のオーセンティックバー「夕凪」なども含まれている。どうしてこんなに若くしてそんな大財を成したのか。それは四歳のときに出合ったコンピュータからはじまった。栴檀《せんだん》は双葉より芳しなのである。中学生のときにはすでに有能なコンピュータのエンジニアになっていた。

彼が生まれたのは大阪の下町、九条である。そこはお世辞にも治安がよいとは言えず、ヤクザと娼婦と商人がひしめき合う街だった。小学六年のとき、タクローは友達の遊郭の風呂に入れてもらい、遊女に身体を洗ってもらっていたという。その後、イケメンのタクローは芸能界で子役として金を稼ぎ、その出演料をすべてコンピュータにつぎ込んだ。

母親がイラストレーターで父親がデザイナーだったこともあり、ひと旗揚げようと中学のとき、東京の東麻布に一家で引っ越してきた。高校は自由の森学園に入った。そしてコンピュータの世界でますます頭角を現しはじめたタクローは、自分で発明した携帯電話の動画変換技術を我が国最大の某携帯電話会社に売って財を成した。早熟なこの男は大学に行く必要をまったく感じなかったという。大学で学ぶ必要がない天才の典型だった。

二十歳のときから葉巻を嗜んでいる早熟のタクローは、サロン・ド・シマジに入るなり叫んだ。

「この空間に漂う上質なシガーの香りはたまりませんね！　マスター、今日はマイナーなシングルモルト、グレンゴイン10年を持ち込んできましたがよろしいでしょうか」

「ここは千客万来で、珍しいシングルモルトは大歓迎だよ」

「その前に食事に行きましょう。マスターがお気に召すかわかりませんが、最近オープンした西麻布の『浅井』という割烹に案内させてください。ここには私の資本は入っていませんが、いままで銀座の割烹で修業した三十一歳の浅井が独立した店で贔屓にしています。マスターがいかに食べ物にうるさいかはしっかり伝えてありますので」

開店したばかりのまだ木の香りがする店のなかに入っていくと、これまたイケメンの料理人が待ち構えていてくれた。店の主は若い料理人だが、丁寧に剝いた絶品の香箱ガニを出してくれた。料理人の使命はどれだけいい食材を引いてこられるかにかかっている。腕は努力でカバーできるが、最高峰の食材を手に入れるには人脈、つまり人間力が必要なのである。三十一歳の若き料理人も、ある種の天才なのだろう。最後に出てきたアワビの炊き込みご飯も出色であった。

驚いたことにタクローは、酒も飲まずにマスターの三倍の量をすべて平らげた。

「タクローは凄い大食いだな」とマスターは呆れて言うと涼しい顔して言ってのけた。

「ぼくの大食いはきっと血筋なんです。母方の先祖に高砂部屋を創設した高見山浦五郎がいますから、ほっておくとすぐ80キロを超えてしまいます。だからどんなに遅く帰っても、45分間のトレーニングをこなしてから寝ることを守っているんです」

天才も、努力しなければカバーできないものがある。しかもタクローは酒にも弱い。天は二物を与えないとは、よく言ったものだが、だから人生は恐ろしい冗談の連続であり、ドラマチックなのである。

64
架空のバーが現実となりそしてシェイカーを振り続ける

２０１４年１月15日で新宿伊勢丹のサロン・ド・シマジは一年と五カ月を迎える。バーマンとしてまったくド素人のわたしがシェイカーを振っているのに、たくさんのお客がきてくれている。多くのお客を題材にＰｅｎでこの連載を書いてこられたこともありがたい。

この連載の架空のバー〝サロン・ド・シマジ〟は、Ｐｅｎの担当編集者サトウ・トシキがスタートさせた。わたしは、架空のバーが現実になるとは夢にも思っていなかったが、事実、毎週土日になると、わたしはバーのカウンターに午後１時から閉店の8時まで立ち続けている。お客さまも立っているのでおあいこである。まさにバーのカウンターは、対等なる人生の勉強机である。

〝すたすた坊主〟と呼ばれている、スキンヘッドのヤマグチさんはわたしが不在でもきてくれている皆勤賞のお客さまだ。ある日、ヤマグチさんが貧血で失神したときは驚いた。さっそく救急車を手配してもらい到着をいまかいまかと待った。ヤマグチさんは律儀な人である。朦朧と混濁する意識のなかで伊勢丹カードを取り出し、その日の飲食代とシガー代を払おうとした。

「ヤマグチさん、今度でいいですよ」とわたしは言ったが、伊勢丹の社員はしっかりしていた。すぐさまカードで決済。じつに社員教育が行き届いている。どちらも立派だと感心していると、救急車の担架に仰向けに乗せられてヤマグチさんが去って行く。一抹の寂しさがバーのなかに漂った。ところが驚愕したことに、翌日、何もなかったかのような顔でヤマグチさんが現れた。ヤマグチさんの話によれば、近くの総合病院に運ばれたそうだ。そこで点滴を打ったらたちまち回復して、家に帰ってもいいとドクターに言われたそうである。大事にならなくてよかったとマスターは胸を撫で下ろして安堵した。

このバーの最少年齢のお客さまは生まれて三カ月の赤ちゃんだったが、最高年齢者は九十四歳のヨコヤマさんである。十八歳から小唄を習っているヨコヤマさんは粋なお客さまだ。早稲田大学に在学していた十九歳のとき、ヨコヤマさんは小唄の師匠の美しいお嬢さまと激しい恋に落ちた。マスターの厳しい尋問に、ヨコヤマさんは恋人と手を握り接吻までしたが、それ以上進展しなかったことを告白した。結局ヨコヤマさんはフラれてしまったのだ。永遠の恋は報われぬ恋なのである。純情なヨコヤマ青年は絶望し、鶯谷駅近くの土手から省線（当時は山手線とは言わなかった）の線路に身を投げた。間一髪ヨコヤマさんは電車に轢かれず、はね飛ばされるだけで一命を保った。

昭和十六年、ヨコヤマさんは召集されて北海道の部隊に入れられた。明日、アッツ島に出征する命令が出されていたのだが、ヨコヤマさんだけが居残ることになった。理由は、上官がヨコヤマさんの小唄を聴いていたかったからだ。芸は身を助く、である。アッツ島に行った同期の桜は玉砕して全員散った。ヨコヤマさんは強運の人である。戦後、日活の俳優配給部長を務めていたころ、売れてきた女優と契約金でモメた。「あん畜生、いままでおれが手塩にかけて育ててやったのに……」と、思いながらクルマを運転して京王線の踏切に差しかかった。無人の踏切を、ぼーっとしながら通り過ぎようとして電車にぶつかり、百メートルも引きずられた。それでも死ななかった。三カ月間も入院したが、元気に仕事に復帰した。

初恋の人が眠っている青山墓地へ、毎月のお参りも欠かさない。そして、お墓に向かって恋人がいますがごとく語りかけている。

「もう少し現世にいさせてください。あの世は広大で、あなたを捜すことが困難なようですね。ここにくれば、こうしていつでもあなたに会えるんです」

伊勢丹のサロン・ド・シマジは恋の聖地である。ある日は恋に悩む若者も相談にやってきた。「万年筆を買いますからラブレターの添削をしてください」と若者は言った。マスターはお安い御用ですと添削してあげた。それから若者がきていない。恋の行方はどうなったのだろう。

65

藤田嗣治は女に翻弄された人生だった

サロン・ド・シマジにかけられている鏡は少し特別なものだ。これは2013年にグレンファークラス蒸留所を訪れたとき、五代目オーナー、ジョン・グラントから記念にいただいた名入りの鏡である。美しい鏡だったが、大きさと重さを考えるとても日本に持って帰れる品物ではないと一旦は諦めた。だが、マスターの胸中を察して「わたしが持って帰りましょう」という救いの主がいた。その御仁は、グレンファークラスの日本の輸入元であるミリオン商事の本間社長その人であった。マスターー得意の〝アカの他人の七光り〟が輝いた瞬間であった。

わがままついでにマスターは「できたら伊勢丹と広尾の両方に置きたいね」と言った。すると、「わかりました。もう一つの鏡はわたしの大きなトランクに入るでしょう。お任せください」と、もう一人の救世主が現れた。それは、休暇を取ってわざわざスコットランドまで一緒に来てくれた森正貴資その人であった。

さて、そのワケありの鏡に映る自分の顔をみながら、今宵のマスターは一人ニンマリしている。鏡のなかのマスターは、銀髪のオカッパにMの形をした小さな口髭を生やし、丸いメガネをかけている。マスターのこころは、いまや天才画家のレオナール・フジタこと藤田嗣治その人になっていた。この変装術に協力してくれたのは、資生堂トップヘアメイクアーティスト、計良宏文さんである。マスターのためにカツラをつくってくれたのだ。ハゲを隠す〝ヅラ〟は極めてダサいものだが、ファッションとしてのヅラは、究極のお洒落である。マスターの自慢のカツラの話は、追って詳しくお話ししたい。

マスターが鏡に見入っていると、いつの間にか藤田嗣治がカウンターに座っていた。

「わたしを真似るとは面白いバーマンだ。到底マネできるものでもないかもしれないが、少しだけ八十一歳のおれの生涯を振り返ってやろう」

「レオナール・フジタさん、わたしは、あなたの女性遍歴が聞きたい。なぜそんなに情熱的な恋を続けられたのですか」

「じつはパリに絵の修業に行ったとき、わたしは日本に妻を残してきた。ロマンティストのおれは妻に勇気を持ってパリにきてくれ、と百七十九通ものラブレターを書き送ったが、どうしても妻はきてくれなかった。当時の国際事情としては無理からぬことだったのだろう。結局、彼女とは離婚した。わたしは女に惚れるとすぐ結婚してしまうクセがあって、その後、続けて三人のパリジェンヌを娶ったんだが、どういうわけかおれは女房運の悪い男でね。妻には一人も恵まれなかった」

「フジタさん、あなたは五十歳のとき、日本に帰ってきて美人の堀内君代を見初めて五番目の妻にしていますね」

「いろいろあったが、その後の生涯を添い遂げることができた。でもマスター、女はそのまま猫と同じだよ。可愛がればおとなしくしているが、可愛がる手を少しでも休めると、引っ掻いてきたりする。ご覧なさい。女にヒゲと尻尾をつければ、そのまま猫になるではありませんか」

「フジタさん、あなたの激しい女性遍歴は四歳で実の母と死に別れたことがトラウマになっていて、生涯〝母をたずねて三千里〟の旅に出たのではないですか」

「マスターの言う通りだ。おれが生涯ずっと母の一枚の写真を肌身離さず持っていたことを告白する。結局、男にとって最高の恋人は母親なんだろう。母以外の女は、とんでもない奴ばかりだった。パリにいるころ、キキと呼ばれたアリス・プランという面白い奔放なモデルがいた。彼女のコートのなかはいつも真っ裸だったな。ヘミングウェイが『決してレディだったことのないモンパルナスの女王』と言っていたことを思い出すよ」

天才であり、変人であり、何よりエキサイティングな人生を送った藤田嗣治にマスターはこころから憧れているのだ。このカツラは、そんな彼へのオマージュなのである。

66 たかじんは謎を残したままこの世を去った

珍しくサロン・ド・シマジの本店にモーツァルトのレクイエムが荘厳に流れていた。マスターはいつになく黒装束に身を固めて、トワイス・アップしたシングルモルトの杯を高らかに上げ「やしきたかじん、ありがとう」とたったひとりで献杯した。カウンターには幻の雑誌で終わった、やしきたかじん責任編集『たかじんマガジン』のゲラ刷りの束が置いてあった。

この話は休刊される運命にあった『月刊プレイボーイ』の2008年12月号から紐解かなければならない。その号の「プレイボーイ・インタビュー」を飾ったのは雑誌嫌いのやしきたかじんであった。マスターの悪名を知っていたたかじんが、インタビュアーにシマジを指名してきたのである。激しい恋が初対面で誕生することがあるように、たかじんとシマジはこころで激しく淫し合った。これは、この年の11月末に出版社を退職するシマジの現役最後の仕事でもあった。

インタビューのその日、たかじんは大風邪を引いていた。病院で点滴を打ってからきたにもかかわらず、お洒落な出で立ちで颯爽と現れ、さらにグランヴァンを常人の倍は呷った。対談に熱がこもりたかじんはこう言ったのだ。

「シマジさん、お願いがある。一回おれに編集長をやらせてくれませんか。マジでおれは自信がある」

シマジは直感的に面白い！　これはイケると確信したが、冷静に応えた。

「わかりました。雑誌名は『たかじん』。わたしが発行人になりましょう。近々ふたりで編集会議をしましょうか」

すると、たかじんは満面に笑みを浮かべて言った。

「売れる雑誌をつくりましょうよ。シマジさん、引退してる場合ちゃうよ」

それから熱い打ち合わせが何度も行われた。正月にハワイにあるたかじんのコンドミニアムに三泊四日の予定で招待され、毎晩たかじんがつくるスーパーディナーをご馳走になった。焼いてくれたステーキは、その日のためにわざわざ大阪から密輸した極上の神戸牛だった。ワインセラーにはナパが誇るオーパス・ワンがぎっしり詰まっていた。食後は自らギターをつま弾き、たかじんレパートリーを歌ってくれた。ゴルフも一度やった。昔はかなりの腕だった片鱗をみせてくれた。

そのころ、わたしたちは「たかじん」「しまじん」と呼び合う仲になっていた。

「しまじん、シガーを教えてくれない」

「お安い御用だよ。まずシガーをやるにはヒュミドールが必要なんだ。そうだ、ちょうどいいのがある。古いものだけどゼロハリバートンの五十本入れのヒュミドールをあげよう」

「ちょうどいいわ。来週東京に行く用事があるからサロン・ド・シマジに寄らせてもらいますわ」

ちょうど一週間後、たかじんはひとりでサロン・ド・シマジに現れた。シングルモルトを飲みながらシガーの吸い方を伝授した。

「シガーはシガレットと違って煙を肺に入れない。ただ吹かすだけでいい」

「うん、これイケるわ。しまじん、お礼にしまじんだけのために一曲『やっぱ好きやねん』を歌ってあげるわ」と言いながら、たかじんは静かに椅子から立ち上がった。そして全身を震わせながら絶唱してくれた。たかじんの歌は演歌ではない。シャンソンに近いソウルである。若いときに父親に勘当されて、ギターを抱えながら京都の夜の街を流して喰っていた筋金入りのプロの歌手である。
たかじんの訃報を聞いた夜は、彼との思い出が走馬燈のように蘇った。

ひとつだけ解せないことがある。雑誌『たかじんマガジン』の創刊号はゲラまであがったのにそのときから、わたしたちは音信不通になってしまった。人生は恐ろしい冗談の連続であることは百も承知のしまじんではあるが、どうしてこんないい雑誌をつくっておきながら発刊しないのか。マネージャーに尋ねたが「わたしにもわかりません」ということだった。

やしきたかじんは、創刊号のゲラ刷りを残したままあの世に飛び立った。

67 再び夢中になった知的で面白い古谷三敏の漫画

マスターが、まだ集英社インターナショナルの発行人をやっていたころ、難解なテーマをわかりやすく解説する「痛快！」シリーズを精力的に発刊していた。その一つである『痛快！ 税金学』（野末陳平著）のイラストは、漫画家・古谷三敏の作品『ダメおやじ』から流用して使わせてもらった。マスターは、ほとんど漫画を読んだことがないが、唯一、『少年サンデー』に連載されていた古谷さんの『ダメおやじ』だけは毎週欠かさず読んでいたからだ。

いまマスターを慕ってくれる若者にタニガワという男がいる。彼の話は以前にも書いた（114ページ参照）ので割愛するが、ある夜、タニガワがきれいな若い女性を連れてマスターに会いにきた。10月に晴れて二人は結婚するのだという。何か頼み事でもあったのか、タニガワは粋なプレゼントを持ってきた。バルヴェニー17年アイラカスクと、なんとマスターが大好きだった漫画家・古谷三敏の『BARレモン・ハート』（双葉社刊）である。

タニガワの頼みは、10月に結婚披露宴を行うのだが、そこでマスターにスピーチをお願いしたいとのことだった。大好きなシングルモルトと、古谷さんの作品を差し出されては断るわけにはいかないではないか。その日は土曜日で、新宿伊勢丹のサロン・ド・シマジの出勤日だったが休むことにした。

彼らが帰ったあと、わたしは独りでバルヴェニー17年をグビグビと飲みながら、『BARレモン・ハート』を読み出した。この漫画は一話完結型の作品で、サロン・ド・シマジよろしく、「レモン・ハート」というバーを舞台にマスターと客のやりとりで話が進む。毎回さまざまな酒が題材になり、その蘊蓄を引き合いにストーリーが構成されている。作者の凄まじい酒の知識に裏打ちされた知的な漫画だ。

ある一話に、タニガワが持参してきた「ザ・バルヴェニー17年アイラカスク」の物語があった。

古くからある銭湯と、その隣の新しいサウナ風呂の主人同士は犬猿の仲であった。

だが、それとは裏腹に銭湯の娘がサウナ風呂の息子といい仲になる。結婚したいと両方の頑固オヤジを説得するが埒が明かない。そこにBARレモン・ハートのマスターが登場する。オヤジたちが座るカウンターに差し出したのは、バルヴェニー17年アイラカスクであった。マスターは言う。

「スペイサイドの銘酒がアイラの樽をわずか半年でも使ったことは、ウイスキー評論家マイケル・ジャクソンをして『これは大胆不敵な結婚だ』と言わせているんです」

そう、バルヴェニー蒸留所はスペイサイドにある蒸留所である。シングルモルトの二大産地スペイサイドとアイラ島は、もともとライバルとして長いことといがみ合っていた。マスターの親友であるスペイサイドのグレンファークラス蒸留所オーナーのジョン・グラントも、薬の匂いがして嫌いだ、と避けていたほどである。それをバルヴェニー蒸留所は、最後の半年間だけアイラの樽でフィニッシュさせるというあらわざを思いついたのだ。

これがマズかったら永遠に仲は改善されないだろう。だが、これが格別に美味い。マイケル・ジャクソンの『モルトウィスキー・コンパニオン』には、香りは控えめだが、独特で海草と塩の風味。味は蜂蜜のよう、その後、いくぶんピーティなスモーキーさ。それはアイラモルトにあるかもしれない攻撃的なものではなく、包み込むようにやさしい——といった具合に書かれている。そして最後は〝斬新なアイデア〟と締めている。幾多の銘酒を飲んできた彼の舌を唸らせる一本だったのだ。

ともあれ、こんな蘊蓄を題材に、レモン・ハートのマスターはついに、いがみ合う頑固オヤジたちを和解させるのである。「ライバルとしていがみ合っていたら、こんな美味い酒は世に出なかったのです」と言って。

古谷三敏の作品は、あいかわらず見事だが、この酒と漫画を持ってきて結婚式のスピーチを迫るタニガワも、なかなか見事なあらわざである。

68

顔立ちに頼っていては最後まで幸せな人生は送れない

〝顔立ち〟と〝顔つき〟は異なるものだ。顔立ちは親からもらったささやかな財産であるが、顔つきは読書や経験によって自ら育てるものである。どんな美貌を持っていても、年とともに崩れゆく顔立ちに頼って生きていては最後まで幸せな人生は送れない。しかし、生まれながらに持っている気質や衝動は、一生の宝である。突然湧き上がる衝動に正直に生きることが、楽しい人生を送る秘訣なのだ。

2013年9月のスコットランド滞在中に、わたしは大きな衝動を感じた。Penの担当編集者サトウとカメラマンのウダガワ、そして通訳のカズミさんの四人で、スペイサイドに近いエルギンの町を通過中のときだった。

「サトウ、たしかこの辺にキルトの専門店があったはずだ！」とマスターは、クルマのなかで叫んだ。

「いきなり何ですか？」とサトウ。

「今夜、グレンファークラス蒸留所のオーナー、ジョン・グラントに会うだろう。そのときに、スコットランドの伝統衣装であるキルトを着て行きたくなったんだ。ジョンを驚かせてやりたいんだよ」

「でもシマジさん、キルトは基本的にビスポークなのです。以前、モノ好きな日本人をキルト専門店にご案内したことがありましたが、完成まで十九週間かかると聞いて諦めて帰りました」と呆れた顔してカズミさんが言った。

それでも聞かないマスターは、陽が傾きかけているのにもかかわらず店に向かった。ウイスキーのボトラーズとして有名なゴードン&マックファイル社の本店（本来は食料品店である）の向かいに、そのキルト専門店「マッコールルズ・ハイランドウエア」はあった。

キルトとは、スコットランドに伝わる、タータン柄の伝統衣装である。ウールの生地を腰に巻くスカートが特徴だが、原則的に男性が着るものだ。スカートといっても生地は非常に厚く、そして腰周りを一周半するくらい長い。もともとは、この余り布はさらに長く、頭に巻いて雨を凌いだり、防寒の目的で肩に掛けたりしていた。

タータン柄は、日本の家紋に相当し、本来、代々伝わるものである。しかし、現代では好みで選ぶことも一般的である。生地の種類は想像以上に多く、この店にあるサンプルだけでも何百種類もあった。

さんざん仕立てには日数がかかると聞いていたが、まあ、なんとかなるだろうと思っていた。マスターは強運の男なのである。いますぐ欲しい。なんとかならんか、とゴネようとしたそのとき、ショーウィンドーに飾られていた一着のブルー・タータンのキルトが目に入った。やっぱり人生は運と縁とセンスである。ディスプレイされていたそのキルトはまるでマスターがくるのを待っていたかのように、体にピッタリと合った。

これに興奮したマスターは、徹底的に揃えることにした。キルト用のロングソックスと、伝統のギリーシューズ、そしてスポーランを買った。スポーランは腰から前に下げるポーチのようなもので、もともと貴重品を入れるためのものである。しかし、風が吹いてスカートがめくれないように重しのような役割も果たしている。キルトはノーパンではくものなので座ったときに前から覗かれないようにスポーランで押さえて隠しているのだ。マスターは、どうせ買うなら……と踏ん張ってチンチラの毛皮の最高級スポーランを手に入れた。調子に乗ったマスターがバグパイプに触っているとサトウが脇から言った。

「まさかバグパイプまで買うんじゃないでしょうね。それを吹けるようになるには相当時間がかかりますよ」

「たしかに」と、マスターは正気に戻り、嵐のような買い物を終えた。

計画通り、キルト姿で晩餐会に登場したマスターの姿に、ジョンは驚いてくれた。この旅で手にする原稿料が、書く前から飛んで行ってしまったが、実に楽しいイタズラだった。これに触発されたジョンは、きっと次の来日時に、紋付き袴の姿でサロン・ド・シマジに現れることだろう。

69

人生の成功には逆張りの勇気が必要である

マスターの週刊プレイボーイ編集長時代を再現したＮＨＫの特番ドラマ「全身編集長」のエグゼクティブ・プロデューサーに鈴《すず》木《き》真《しん》美《び》さんがいる。女性のような名前だが歴とした男性だ。先日、その真美さまから一冊の本が送られてきた。題して『島耕作のアジア立志伝』（講談社刊）。表紙に堂々と真美さんの名前があった。鈴木真美　ＮＨＫエグゼクティブ・プロデューサー＋ＮＨＫ取材班。

この本は、島耕作がアジアを股にかけ、いまをときめくアジアのカリスマ創業者たち六人を紹介するＮＨＫの取材番組を書籍に組み直したものだ。マスターは第一章を読んで感動した。

タイの華僑出身の男がどのようにして中国に食い込み成功していったのか。『島耕作』の著者である弘兼憲史氏の漫画をちょっとだけ挟んでいるが、ほとんど文字で成功物語が綴られている。

タイの華僑系大手財閥CPグループ会長、タニン・チャラワノンの実家は小さな八百屋だった。その店はバンコクの中華街にいまでもCPグループ発祥の地として同じ場所に存在する。

「父の教えがあります。われわれ華僑は、外から来た。だが〝よそ者〟と思われないことが大切だ。自分たちで商売をつくりださなければならない。他人のまねではダメなんだ」とタニンは言う。父親は身ひとつで広東省の村からバンコクにやってきた華僑であった。タニンがいち早く中国に投資して成功したのは、養鶏だった。人口十三億人の胃袋を相手にしたのだ。

現在、本社は北京にあるが、従業員は中国全土で八万人を数える。天安門事件のとき、学生たちを武力制圧させた鄧小平にじか当たりした。果たして鄧小平の掲げる「改革開放」は続くのかを確かめたかったのだ。

「鄧小平は『中国に力を貸してほしい』と私に言いました」

中国では困っている人に手を差し伸べることを〝雪中に炭を送る〟と言う。欧米企業が文化大革命で疲弊した中国から駐在員を引き上げ出した矢先、鄧小平に会ったタニンは中国から撤退せず、さらなる投資に踏み出した。そういう危ない投資は「風険投資」と呼ばれる華僑独特のリスキーな戦略である。ＣＰグループの誇りは中国政府からもらった投資許可書だ。そこには「認可番号０００１」と記されている。

タニンの逆張り戦略で養鶏ビジネスは大成功した。一人で五千羽を飼える養鶏システムを考え出したのである。いまでは日本でもＣＰグループがつくるタマゴが売られているという。

ここまで読んで、ふと顔を上げるとカウンターに真美さまがニコニコしながら立っていた。

「マスター、いまアジアの経済は東アジアからドバイまで、すこぶる元気です。転じて日本は、草食系と呼ばれるおとなしい若者が増えています。刺激と熱狂に満ちた世界がそばにあるのにもったいないと思いませんか」

「真美さまの言うとおりです。日本の子どもたちが運動会で一緒に手を繋いでゴールしている間に、アジアの子どもたちは闘鶏をみているのかもしれない。この本でタニンさんが語っていますよね。『闘鶏はじつに頭がいい。ただ無鉄砲に闘うのではない。巧みに賢く闘う。〝勇敢に賢く闘う〟というのは、われわれが闘鶏から学んだ精神です』と」

「戦後長らく日本はアジアのリーダーを自認してきました。少なくとも90年代まで、日本人はほかのアジア諸国に対して『上から目線』だったのです。しかし、21世紀に入ってからGDP（国内総生産）で中国に抜かれ、韓国のサムスンが立ちはだかり、いつの間にかいろんな面でアジアの後塵を拝する場面が増えてきた。それを、日本で働く人たちにきちんと認識してもらいたく、この本を上梓したんです」

「そこの棚をみてください。ちゃんとサロン・ド・シマジ推薦本として売っています。これから働こうとする若者にも読んでもらいたい本です。くだらない就職説明会に足を運ぶくらいだったら、家でこの本をじっくり読んでいたほうが将来は明るいでしょう」

なぜマスターがNHKの鈴木真美エグゼクティブ・プロデューサーをあえて「真美さま」と敬して呼ぶのか。その真実を知りたい読者は「メルマガ島地勝彦」のサイトを覗いてみるといい。

70

H・G・ウェルズは文豪であり性豪であった

深夜ひょっこり、広尾のサロン・ド・シマジに来店した男が言った。「この店にはフルボディの女たちがよくひとりでやってくると聞いてきたんだが」

「それは新宿の伊勢丹の店でしょう。ここは女人禁制です。あなたは『タイム・マシン』で世界的に知られるH・G・ウェルズさんですね。作品はもちろん、あなたの女好きは有名です」

「ファンの女性とは、まるで握手するように片っ端から寝たものだね。そのなかには本当に恋に落ちて子どもまでもうけた女性が何人もいる。マスターにもファンの女性が多いようだが、その女性たちとは関係を持たないのかね」

「そんなことをしたら、彼女たちの夢が崩れて興ざめですよ。わたしにとって読者は崇高な存在です。ファンと故郷は遠きにありて思うものです」

「そうかな。君の著作を読んだが、わしとは身内みたいなものだろう」

「先日、九州からわざわざ新宿のサロン・ド・シマジまでわたしに会いにきてくれた二人の女性がいました。そのうちの一人がわたしのファンで『先生、ハグしていただけませんか』と熱い視線を向けてきたのです。店の常連たちはわたしがどう対処するか興味津々でみていました。でも、わたしは『すでにあなたのことはこころのなかでハグしています』と答えました。彼女はがっかりしていましたが、わたしのダンディズムが許さなかったのです」

「それは可哀相なことをしたね。わしがその場にいたら代わりにハグをして、二、三日家に泊めてやったのに」

「いやいや、ウェルズさん、わたしにとってファンはむしろ崇める存在なのです。わたしはユリウス・カエサルではありません。ファンは、わたしではなく作品に惚れたのです。だいたい、あなたとわたしでは才能も財力も違いすぎる。あなたは生涯百六十冊も小説を書いて豪邸で暮らし、夜な夜な豪勢なパーティを催していた。それにしても、あなたの奥様は出来た方ですね。パーティであなたに秋波を送る若いファンの女性をみて、『H・G、あの子はあなたと寝たがっているわよ』とアドバイスしていますね。するとあなたは『どうかね』なんてうそぶいている。『そうだね』と言わないところが妻帯者のエチケットなのでしょう」

「わしが結婚した二人の女房は、揃いも揃ってあちらのほうは嫌いなタイプでね。『どうぞ、外で好きなだけ遊んできていいわよ』と言うんだ。『ただし、誰と遊んでいるのか、はっきり言ってください』とも言う」

「公認の浮気ですか。それは愉しさが半減するんじゃないですか。自慢じゃないが、わたしもこれまでたくさん恋に落ちました。でも女房には秘密でしたね。女房に秘密で遊ぶからスリルがある。浮気とは、女性からは軽蔑されるかもしれませんが、男にとっては墓場までもっていく美しい秘密です」

「そうかね。わしは女房の公認の下で何人もの庶子もつくったよ。しかもすべての子を認知して経済的にも面倒をみた。世間から激しく非難されたこともしばしばだったがな」

「あなたは当時の大ベストセラー作家ですし、財力がありましたからね。でも、ずば抜けた甲斐性の持ち主です」

「マスター、どうしてわしのことをそんなに詳しく知っているんだね」

「それはデイヴィッド・ロッジという作家が書いた『絶倫の人――小説H・G・ウェ

ルズ』（高儀進訳、白水社刊）を熟読したからです。あれは名著です。素晴らしい作品を生み出す一方で、懲りずに性道を極めようとする破天荒なあなたの人生が描かれている。ほとんど一冊まるごと、あなたの女性遍歴です。でも、自由恋愛を標榜し、スキャンダルに満ちた人生だったからこそ、素敵な作品を書けたんでしょうね。そして、死が迫ってくる晩年からはじまり、臨終で終わる作者の描き方もまたいい。ディヴィッド・ロッジはユーモア作家ですが、今回ばかりは真剣にあなたと対峙していますす」

「人生は一度きりだ。作家は、死んだ後も作品になるような生き方を貫かなければならんのだよ」

71

本当の悪党は携帯を持たないと彼は言った

岩手県一関にあるジャズ喫茶「ベイシー」は、その名のきっかけになったジャズマン、カウント・ベイシー本人も何度か来店した名店である。そのマスターである菅原正二ことショウちゃんが、突然、新宿伊勢丹のサロン・ド・シマジに颯爽と現れた。オープンしてもう一年半になるが、ショウちゃんの来店ははじめてである。マスターは驚きと感激のあまり、「ショウちゃん!」と大声を出してしまった。

一関はマスターの育った故郷である。帰省するたびに必ず「ベイシー」に立ち寄り、店が閉まったあとショウちゃんと二人でじっくり飲み交わす。いつの間にか、これが恒例になった。早五、六年は経つだろうか。

ショウちゃんは同じ岩手県立一関第一高校の出身で、マスターより一年後輩である。だが、彼と飲むたびに彼のほうが格上のように思えてくる。いつも黒い服に身を包んでいるショウちゃんは、わたしと同じバーマンだけど、はるかに悪党にみえるのだ。

マスターは、ガラケーであるが携帯を持っている。が、ショウちゃんは、いまだ携帯すら持っていない。彼はこう言っている。

「悪党は携帯を持たない」

そして、こうも付け加えた。

「しかし悪党は、スマホを持ったいい女を携帯している」

完全に脱帽だ。でも嬉しいことに、彼はマスターの書いたエッセイ群を「軽妙、洒脱、上質」だと絶賛してくれている。

「みなさんは幸せですね。週末になると、真っ昼間から堂々と美味いシングルモルトを囲んでいられるんですから」とショウちゃんは第一声を発した。

どうやらショウちゃんは、早稲田大学理工学部建築学科の石山修武教授退職記念シンポジウムが早稲田にある大隈講堂で開催され、それで上京したようだ。そこからタクシーを飛ばして駆けつけてくれたのだ。

ショウちゃんは、じつにチャーミングな男である。早稲田大学時代、老舗のビッグバンドサークル「ハイソサエティ・オーケストラ」でドラムを叩いていた。そして二十代の後半、一関に帰郷して「ベイシー」をオープンした。店には十万枚強のジャズLPが保管されている。なかには戦後に多くの傑作映画ポスターを描く画家であり、ジャズ批評の第一人者と言われた野口久光先生の遺品も含まれている。ショウちゃんは、ただの悪党バーマンではない。朝日新聞をはじめ数々のジャズ専門誌にジャズのエッセイも書きまくっているのだ。彼の文章はいつも気持ちよくスウィングしている。

突然現れたショウちゃんを、ここで帰してはいけないと、広尾のサロン・ド・シマジ本店に案内した。ここには、二百五十本のシングルモルトをはじめ、大いなる浪費によって買い集めたバッグやパイプなどがある。マスターは自分の悪党ぶりをみせつけてやりたかった。

「ここは聞きしに勝る男の隠れ家ですね。これまでマスターが、どれだけやりたい放題、いや思う存分生きてきたかがわかります。きっとたくさんの女性も泣かせてきたんでしょう」

「ショウちゃんには『ベイシー』という輝ける場所があるじゃない。ここは狭いから、〝シングルモルトでもてなす、平成の茶室〟だと案内しています。もちろん女性一人だけでは招待しませんがね」と、マスターは余裕をみせた。

「よく『ベイシー』に後輩タモリがくるよ。『笑っていいとも!』が終了し、少し暇になったからスコットランドにシングルモルト巡礼の旅をしたいと言っていたな。ああみえてあいつは隠れシングルモルト・ラバーなんです」

と、そのとき、ピーン・ポーンとインターフォンが鳴った。現れたのは目が覚めるフルボディの女だった。サロン・ド・シマジに一瞬、優雅な香水の香りが漂う。

「シマジさん、これがスマホを持っているわたしのガールフレンドです」とショウちゃんはニヤリと笑う。なんでここがわかったのか。やっぱりショウちゃんは極悪である。

72

人生で大切なのは素敵な出会いと自己投資である

名刺に「島地勝彦公認ストーカー」と堂々と書いてマスターを応援してくれていた一関一高の同級生、三浦清豪が先日亡くなった。寂しい思いをしていたら、新宿伊勢丹のサロン・ド・シマジの常連である早稲田大学日本語日本文学科の金井洋介という男から名刺をもらって驚いた。なんと名刺の肩書に「島地勝彦公認書生」と書いてあるではないか。横浜の実家から大学に通う金井は、サロン・ド・シマジでシングルモルトを飲んだり、シガーやパイプを吸ったりするために、予備校塾で講師のアルバイトをしている。弱冠二十歳で、開高健に関する卒論を書こうと考えている大学三年生だ。

なかなかチャーミングな若者でバーのなかでも人気者だ。笑顔がまだ愛くるしい男の子である。いまどき珍しい読書家で、古本屋巡りも好きらしい。先日、マスターに『ダンヒルたばこ紳士』(アルフレッド・H・ダンヒル著、團伊玖磨訳、朝日新聞社刊)という昭和四十一年発行の洒落た本を探してきてプレゼントしてくれた。四十一年といえば、マスターが集英社に入社した年である。

金井がサロン・ド・シマジに通いはじめた動機は、開高健を題材に卒論を書くにあたって、何かの役に立つのではないかと考えたからである。運よくバーには、開高健とマスターの共著『水の上を歩く?』の初出を、『サントリー・クォタリー』で編集していた谷浩志という男がいた。金井の野望を聞いた谷は、「それはシマジさんとわたしに任せてくれ。君は運がいい奴だ。気に入った」と、金井に一杯おごった。

金井は酒が強い。サロン・ド・シマジの閉店のあと、新宿のどこかでメシを食って酒を飲んでいると、最後は自然に末広亭の隣のビルの「バー・ル パラン」に吸い込まれるように顔を出す。オーセンティックバーで一人飲んでいると金井はすっかりいい気持ちになり、横浜に帰る終電にいつも乗り遅れてしまう。だが、そのほうがたくさんの人に出会うことができる。人生において大切なのは、何より出会いなのだ。

マスターが金井にアドバイスしたのは、まず万年筆を買うことだ。万年筆の扱いは難しいが、インクの濃淡でこころの揺らめきさえも表現できる優れた筆記具である。万年筆を使いこなすことができて、男も女もはじめて一人前になれるとわたしは信じている。

「わかりました。では、シマジさんに万年筆を選んでもらいます」

「ペリカンM800がいいだろう。インクは山栗色が渋くていいんじゃないか。それから万年筆で書くためにはブロッターが必要だ」

「ブロッターってなんですか」と金井。

そう言えば、パソコン時代が到来してからブロッターを、とんとみなくなった。ブロッターとは、吸い取り紙がついている半円形の文房具である。まだ乾いていない万年筆の筆跡に当てて、余分なインクを吸い取るもので、文化的な家には必ず一個はあった。昔は教員室の先生の机の上にいつも転がっていたものである。

いつの間にかこの世から絶滅してしまったが、サロン・ド・シマジで復活させた。オールレザーの贅沢な逸品だ。

「万年筆を使うなら、持っておくべきものなのですね。全部でいくらですか」

「万年筆が約五万円、山栗のインクが千二百円、ブロッターが一万円、スカルの指輪が三万円で、だいたい十万円弱だな。学生には高い買い物だろう」

「……。でも、買います」

「よく言った、金井。その代わり卒論は任せておけ。たとえば開高さんのドキュメント作品を徹底的に調べて、それがどのように小説に反映しているかを考察してみるのはどうだ。開高さんの視点がよくわかるはずだぞ」

「それ、いただきます。それは、おいくら払えばいいでしょうか」

「そんなものタダでいい。自分への投資は、必ずそれ以上のものが返ってくることを教えてやろう。そうだ、開高さんが万年筆で原稿を書いたように、その万年筆で卒論を書いてみてはどうだ。吉と出るか凶と出るかはわからんが、そういうイタズラも開高さんは好きだったんだ」

73

謎の人物が同じフロアに店を開いた

その夜は風の強い日で、バーはガランとしていた。突然、英国人紳士と思わしき酒落た外国人が入ってきた。そして、「わたしがここにきたことは誰にも話さず内緒にしてくれないか」と彼は言った。２０１３年の秋、新宿伊勢丹メンズ館のサロン・ド・シマジと同じ八階のフロアに、ギャラリー兼セレクトショップ「チャーリー・ヴァイス」が登場したが、彼はその店主であるチャーリー・ヴァイスである。

「お客さまのどんな秘密もここでは守ります。ついこの間、チャーリー・ヴァイスで、あなたのバースデイ・パーティがありました。でも、そのパーティに肝心のあなたは姿をみせなかった。たくさんの親友たちも来ていたのに」とマスターが言うと、「どうしてものっぴきならない急用ができてしまい、あの日は日本を離れなければならなかったんだ。それよりマスター、とりあえず何か飲ませてくれないか」と話をはぐらかした。

「最近発売された、サロン・ド・シマジのオリジナルモルト『インペリアル』の17年ものはいかがでしょうか。シガーによく合います」

「これは、すでに閉鎖した蒸留所だね。いまは跡形も残っていない」

「さすが、チャーリー、よくご存じで。ところで、あなたは日本のことも詳しいようですね。寿司なら特にシャコが好きだとか」とマスターが訊くと、「親父は日本通で、わたしは子どものときから日本の味を教わった。わたしは和という漢字に〝和える〟という意味があることまで知っているよ」と、チャーリーは流暢な日本語で応えた。

　こんな会話は、サロン・ド・シマジで実際にありそうだが、じつはこのチャーリー・ヴァイスとは、放送作家であり名プロデューサーである小山薫堂がつくり上げた架空の人物である。Ｐｅｎ読者ならば、小山薫堂をご存じだろう。２０１３年９月１日号で特集された人物だ。

　２０１３年秋のオープン直前に、謎の男が仕切るギャラリー兼セレクトショップが伊勢丹メンズ館八階にオープンすると聞かされたとき、マスターは驚いた。国籍、年齢は不明。世界中の文化人と親交があるという。そんな男など噂にも聞いたことがなかった。マスターが敬愛するウィンストン・チャーチルは亡くなってからはじめて、「チャーチル」という名入りのシガーとシャンパンを持つことができた。そしてマスターは、生きている間になんとか店を持つことができた。だが、チャーリー・ヴァイスという男は突如、同じフロアに店を構えたのである。

作家は、現実と空想の世界を行き来し、活字を操って独自の世界に引きずり込む仕掛け人である。だが、この小山薫堂という男は、百貨店という大舞台を使い、自らつくり上げた世界に人々を引きずり込んだのだ。手法は異なるが、見事な仕掛け人である。

マスターは、事実を基にしたノンフィクションが好きなので、小説はほとんど読まない。しかし、それでも優れた作品を読んだ後は、その世界から目覚めたくないと思う。幼いころから愛してやまない、コナン・ドイルが描いたシャーロック・ホームズの世界からは、七十歳を過ぎたいまでも覚めていない。そんな読後感に似たような心地よさが、なぜかこの店にはある。シャーロック・ホームズを想い続けるように、チャーリー・ヴァイスという人物を妄想せずにはいられない。

チャーリー・ヴァイスは、音楽、料理、文学、写真など、あらゆるものに造詣が深い好奇心旺盛な男だという。マスターも、彼に負けない強い好奇心を持ち合わせているが、彼は、どんな服に身を包み、どんな女を好むのか。マスターは、サロン・ド・シマジでシェイカーを振りながら、彼がセレクトするプロダクトに目を光らせたい。

「あっ、そうだ。そろそろ帰らねばいけない。フルボディの女を待たせているんだ」

とチャーリー・ヴァイスは店を出て行った。彼は、また風の強い日に、マスターの意識のなかに現れるだろう。

74

やっぱり人生は想えし、冗談の連続である

東京もだんだん暑くなってきた。アスファルトの上に降ったにわか雨が乾き、クルマが残していったガソリンの匂いを一陣の風が舞い上げた。マスターは、この匂いを嗅ぐと、いつもシングルモルトとシガーが恋しくなる。酒をガソリンと譬えられるのは、そこに理由があるのではないだろうか。

百年以上前、冒険好きの男たちは南極を目指した。1910年に英国のロバート・スコット大佐は南極地点を目指して彼の地に踏み立ったが、ノルウェーの探検家ロアール・アムンセンに先を越された。絶望のなか、スコット大佐は死を待つテントで

妻や親しい友人たちに遺書を書いた。1912年の3月末のことだった。そんなスコット大佐とともに南極を目指したことがある探検家がいる。アイルランド人の探検家アーネスト・シャクルトンだ。スコット大佐は、第二回南極探検で遭難したが、シャクルトンは、スコット大佐の第一回南極探検（1902年）をともにしている。

そのシャクルトンをリーダーとする二十八名の探検隊が、1907〜1908年にかけて南極大陸を探検した際、南極に掘っ立て小屋を建て、地面を掘ってウイスキーを三ケース埋めた。冒険に成功したら飲もうと思っていたのか、いざ遭難したときに最後の一杯として飲もうと思ったのか定かではない。

そして約百年後にニュージーランドの歴史遺産トラストによって発見され、2010年、三ケースのうち一ケースが氷の下から掘り出された。しかも調べてみたら十一本しかなかった。誰かがすでに一本飲んでいた。

掘り出されたのはチャールズ・マッキンレーのブレンデッドウイスキー「マッキンレー」だった。発見されたボトルは、グラスゴーの現マッキンレー社に持ち込まれ、ブレンダーが、コルクに長い注射器のような器具を差し込み、幻のウイスキーを取り出した。飲んでみたらそのウイスキーはまだ生きていた。このウイスキーと同じ香りと味のレプリカをつくろうとブレンダーが閃いた。藁のカバーをかぶった「マッキンレー・レア・オールド・ハイランド・モルト」が、そのレプリカである。

スコット大佐をはじめ、多くの探検家たちが南極で命を落とした。『エンデュアランス号漂流』（新潮社刊）で知られているように、シャクルトンも、1914年の南極大陸の探検で一年半も漂流し、命からがら国に帰った苦難も体験している。なのに、なぜ男たちは、限られた装備のなかに酒を忍ばせるのか――。しかし、だからこそ人生は面白いのだ。酒は、まさに人間のガソリンそのものなのである。

わたしは、シガーを灰にし、シングルモルトを尿に換えて生きてきた。そんなわたしをみて、約三年半前にPenの編集者サトウ・トシキが、〝サロン・ド・シマジ〟という架空のバーで人生を描いてくれ、と持ちかけてきた。

この連載は、消えゆくものにこそ価値があると信じていたから生まれたものだ。架空のバーは、いまや新宿伊勢丹メンズ館のシガーバー「サロン・ド・シマジ」として現実のものとなった。いつかはバーマンになりたいと思っていたわたしだが、本当にバーマンになってしまった。人生は、恐ろしい冗談の連続である。

今日も、いつものようにサトウがやってきた。丁寧に解説してあげたマッキンレーの南極ウイスキーを一杯グビリとやると、サトウは言った。

「マスター、『サロン・ド・シマジ』は今回で閉店です。だって、もはや架空のバーじゃないんですから」

わたしは椅子から転げ落ちそうになったが、「おまえが言うなら仕方がない。おれも編集者時代は、そんな切ない決断を沢山してきたよ」と降参した。だが、連載が終わるというのに、サトウは変わらずわたしのもとへやってきては酒を飲んで行く。そして、ある日、高いシングルモルトをグビリとやって言った。

「シマジさん、新しいアイデアが浮かびました。新連載をはじめましょう」

何度も言うが、酒は人間のガソリンであり、人生は恐ろしい冗談の連続である。乞うご期待。

モルトウイスキーの聖地
スコットランドのスペイサイドにある、
グレンファークラス、ベンリアック、グレンドロナック。
いずれも職人のこだわりが細部まで行き届いた
〝小さな蒸留所〟だ。
〝サロン・ド・シマジ〟でこの三種をボトリングした
オリジナル・シングルモルトをつくるにあたって、
マスターが現地に赴き、蒸留所を取材した。

聖地スペイサイドの
小さな蒸留所を訪ねて。

［グレンファークラス GLENFARCLAS］

家族経営だから生まれる、豊かな発想力。

グレンファークラスは、大きくて小さい蒸留所である。年間生産量をみれば小さいとは言えないが、約百あるスコットランドの蒸留所のなかで、家族経営を貫いている数少ない蒸留所の一つなのである。スコットランドにあるほとんどの蒸留所は、すでに大手酒造メーカーの手に落ちたのだ。

その昔は、どの蒸留所でもオーナーは敷地内に住んでいた。ところが世代交代、あるいは吸収合併の波に飲まれ、オーナーたちは先祖の財産を手放し街へ居を移していった。しかし、グレンファークラスだけは、誰にも売り飛ばさず、いまも自らつくるウイスキーと同居しているのだ。もちろん樽にして約五万二千個を超える熟成中のシングルモルトも、すべて敷地内で寝息を立てている。五代目オーナー兼会長のジョン・グラントは、大きな体を揺さぶりながらこう言った。

「オーナー家族がウイスキー蒸留所の敷地内に住んでいるのはウチだけでしょう。つくり手は何があっても現場から離れちゃいけない」

グレンファークラスとは、ゲール語で「緑の草の生い茂る谷間」を意味するという。

たしかに蒸留所の周りには見事な草原が広がっている。裏手には標高八百三十メートルのベンリネス山がそびえており、仕込み水は、この山の中腹から採水されている。

グレンファークラスと言えば、やはりシェリー樽熟成による濃厚な味わいだ。深みのあるアンバーの液体、ドライフルーツのような甘い香り、そしてココナッツのようなマイルドな風味。食後酒としても欲しくなるようなフルボディの味わいは、一度飲んだら、確実に記憶に刻み込まれる。

レギュラーボトルの代表格は、やはり「グレンファークラス105」だろう。〝105〟とは、イギリスにおけるアルコールのプルーフ（濃度）表示で、日本のアルコール度数表示では60パーセントとなる。一般的にアルコール度数は、ボトリング時に加水され、40～50パーセントに下げられる。しかし、105はいわゆる樽から出して加水せずにボトリングされた〝カスクストレングス〟と呼ばれるものである。

じつはウイスキーの世界で、このカスクストレングスを最初にはじめたのは、何を隠そうジョンの父親である四代目オーナーのジョージであった。1968年、彼は親戚や友人へのクリスマスプレゼントとして、ウェアハウス（貯蔵庫）に眠る樽を一つセレクトし、加水せずにボトリングしたのである。樽から出したそのままのシングルモルトを愉しめる型破りな試みは、ウイスキー好きの間でたちまち評判になり、看板商品に発展した。さらにグレンファークラスでは、52～97年の四十六年間のシングル・ヴィンテージを、「ファミリー・カスク シリーズ」として切れ目なく販売している。こうしたユニークな発想ができるのも、ファミリービジネスだからこそだろう。

シングルモルトの味は、ほとんど樽の個性に左右されると言われている。だから、どのウイスキー蒸留所も、上質な樽を確保すべく奔走している。グレンファークラスは、シェリー樽にこだわることで知られるが、彼らは独自のルートを切り開き、スペイン・セビーリャから選りすぐりのシェリー樽を仕入れている。嘘みたいな話だが、わたしは蒸留所取材の翌々日、ジョンとともに、彼のプライベートジェットでセビーリャへ飛んだ。紙幅の都合で詳細は割愛するが、樽の買い付け現場をナマでみたのである。だから確信を持って言える。グレンファークラスの樽は、紛れもない〝一級品〟であると。

とはいえ、樽がすべてではない。樽に詰められる前の工程、特に蒸留も重要である。ポットスチル（蒸留器）の形状は蒸留所ごとに異なるが、グレンファークラスのそれは、高さ八メートルと非常に巨大だ。これはスペイサイドで最大を誇り、創業時から変わらないものだという。加熱方法も昔ながらの直火焚きを守っているのだ。

ところで、わたしは常々、シングルモルトはマザーウォーターで加水して飲めと書いている。粋がってストレートで飲むと食道癌になるからだ。

幸運にもわたしは、ジョンの息子のジョージ（六代目）の案内で、グレンファークラスの仕込み水が湧き出る水源まで連れて行ってもらった。ベンリネス山の中腹までレンジローバーで突き進み、そこから先はヘザーの花が咲き乱れる道なき道を歩いて登る。七十歳を過ぎた老体にはかなり堪えたが、ここで行き倒れて、ピートの一部に還るのも悪くないと思った。

七転八倒の先に待っていたのは、生涯忘れられない一杯だった。ジョージはピートを含んで少し茶色くなった水源の水を汲み、グレンファークラス105に足して飲ませてくれた。陳腐な言葉だが、わたしは思わず「美味い！ 最高のマザーウォーターだ！」と叫んだ。隣で優秀な通訳カズミさんがすかさず訳してくれたが、どうもジョージの様子がおかしい。そして、怪訝な顔で訊いてきた。

「マザーウォーターって、何だ……？」

まさか!? とは思ったが通じなかった。単に、蒸留に用いる水源の水（Water from the distillery's water source）と表現するらしい。かつて酒の達人、開高健文豪は、「セニョール、スコットランドでは、仕込み水のことをマザーウォーターっちゅうんや」と言っていた。この何十年間、わたしは〝マザーウォーター〟と書き続けてきたのだが……。天国の開高さん、どういうことですか？

聖地スペイサイドの小さな蒸留所を訪ねて。

［ベンリアック BENRIACH］

可能性を模索し続ける、研究所のような存在。

近年、シングルモルト好きの間で注目を浴びているベンリアックは、波乱万丈の歴史をもつ蒸留所だ。創業は1898年だが、その二年後にモスボール（閉鎖）に陥る。その後、1965年に目覚めたものの、ほとんどはブレンデッド用に蒸留されていた。シングルモルトをリリースしたのは、創業から九十六年後の1994年のこと。さらに幾度もオーナーが変わり、再び閉鎖に追い込まれるなどして、もはや、どんな樽を熟成しているのかさえ把握できなくなっていたのである。

そんなベンリアック蒸留所に目を付けたのが、蒸留所所長などを経験し、長くウイスキー業界に携わってきたビリー・ウォーカーであった。シングルモルトとしては、いまいちパッとしなかったベンリアック蒸留所だったが、この男の嗅覚は激しく刺激され、2004年にベンリアックを買収した。

事実、ベンリアック蒸留所には、ポートワイン、シェリー、マデラワイン、ジャマイカンラムなど、じつにさまざまな樽が眠っていた。ウォーカーは言う。

「すべては解明されていませんが、さまざまな樽を通して、ベンリアックの個性がみえてきました。この蒸留所で蒸留されるスピリッツは、スペイサイドらしくバランスに優れています」

ニュートラルなスピリッツのおかげで、さまざまな樽で熟成しても、美味いモルトに化けてくれるのだ。

「また、珍しいことにスペイサイドでは唯一、ピートを使ったスピリッツも蒸留していたんです。スタイルが定まっていない蒸留所でしたが、つまり、それがベンリアックの個性なのでしょう。わたしは、さまざまな樽や製法を試す研究所のような蒸留所にしたいと思っています」

ベンリアックは、珍しいスペイサイド産のピーティなモルトのほか、多くの限定ボトルをリリースしている。しかし、それらはすべて、前オーナー時代の樽である。2014年には、いよいよウォーカーがオーナーになってから仕込んだ樽がはじめて市場に出るそうだ。それこそが新生ベンリアックの100パーセントピュアモルトである。

［グレンドロナック GLENDRONACH］

伝統的な製法にこだわる、美しき蒸留所。

グレンドロナック蒸留所の佇まいは、濃厚で芳醇なシングルモルトの味を連想させる。重厚な石壁の建物、極彩色の赤に塗られた窓枠やドアが、そう思わせるのだろう。ここは、こぢんまりとした蒸留所だ。1826年の創業以来、特にシェリー樽にこだわり続け、フルボディな味を特徴としている。開栓と同時にふわりと漂う、甘くてフルーティなシェリー樽独特の香りは、わたしも大好きである。

一言で〝シェリー樽にこだわる〟と言っても簡単なことではない。一般的にバーボン樽が一樽五十～七十ポンドなのに対し、シェリー樽は六百ポンド以上が相場だという。決して多くないシェリーの生産量を考えれば合点がいくだろう。もちろん、資金があっても安定的な仕入れルートがなければ蒸留所の看板として掲げることはできない。

じつは、この蒸留所は、先に紹介したベンリアック蒸留所のビリー・ウォーカーに買収され、2008年に再スタートを切ったところだ。わたしが、なぜグレンドロナックに興味を持ったのか？ と尋ねると、彼はこう答えた。

「ブレンデッドからシングルモルトの時代にシフトしてから、ウイスキー蒸留所はワインのシャトーのように語られはじめました。一方、多くの蒸留所は、大手の酒造メーカーの傘下に入りました。生産効率にシビアになると、個性が置き去りにされてしまいがちです。せっかくシングルモルトの時代が到来したのに、個性を抑制してしまったら本末転倒。わたしは蒸留所の個性を最大限に引き出したい。だから、細部にまでこだわることができる小さな蒸留所に魅力を感じるんです。これからグレンドロナックは、とことんシェリー樽を追求するでしょう」

たしかにシングルモルトは蒸留所によって味が異なる。わたしは十年ほど前にワインを卒業したが、なるほど、いまもワインのようにシングルモルトを味わっているではないか。

ウォーカーのこだわりは、蒸留所内を歩くだけで感じることができる。モルトは地元産にこだわり、一部ではあるがフロアモルティング（自家製麦）も行っている。発酵槽は、もちろんオレゴンパイン製だ。

ちなみにウォーカーは、２０１３年、スペイサイドにあるグレングラッサ蒸留所も買収した。それも小さな蒸留所であることは、言うまでもない。

島地勝彦
Katsuhiko Shimaji

1941年、東京・奥沢に生まれる。4歳で岩手県一関市に疎開し、一関第一高等学校を卒業。青山学院大学卒業後、集英社に入社。「週刊プレイボーイ」に配属され、1983年に同誌編集長に就任、100万部雑誌に育て上げる。その後、「PLAYBOY日本版」「Bart」の編集長を歴任し、取締役を経て、集英社インターナショナルの代表取締役に。2008年に退任後、作家・エッセイストに転向する。『甘い生活』『知る悲しみ』『アカの他人の七光り』(いずれも講談社)、『迷ったら、二つとも買え!』(朝日新聞出版)、『男と女は誤解して愛し合い理解して別れる』『毒蛇は急がない』(ともに日経BP社)など著書多数。シングルモルトとシガーをこよなく愛し、伊勢丹新宿店メンズ館でセレクトショップ「サロン・ド・シマジ」をプロデュース。週末には同店内のバーでバーマンとしてシェイカーを振っている。

写真　宇田川 淳

校正　鷗来堂

初出
エッセイ01～74:「Pen」2011年5月1日号～2014年7月1日号連載
シングルモルトを育む、孤高の島へ。:「Pen」2013年11月15日号
聖地スペイサイドの小さな蒸留所を訪ねて。:「Pen」2013年12月1日号

salon de SHIMAJI
バーカウンターは人生《じんせい》の勉強机《べんきょうづくえ》である

2014年 9月 15日　初　版
2015年 4月 1日　初版第3刷

著者　島地勝彦

発行者　小林圭太

発行所　株式会社CCCメディアハウス
〒153-8541
東京都目黒区目黒1丁目24番12号
電話　03-5436-5721(販売)
03-5436-5735(編集)
http://books.cccmh.co.jp

印刷・製本　凸版印刷株式会社

ISBN978-4-484-14227-2